Sebastian P. E. Vogel

Der Wortschatz

oder

Die seltsame Geschichte von einem Wort, das seinen Sinn verliert und einer Welt, die lebendig bleibt

Mit Zeichnungen von Dieter Messing

sonderpunkt verlag

„Der Wortschatz" im Internet:
www.der-wortschatz.de

Bibliografische Information der Deutschen Bibliothek

Die Deutsche Bibliothek verzeichnet diese Publikation in der Deutschen Nationalbibliografie.
Detaillierte bibliografische Daten sind im Internet unter http://dnb.ddb.de abrufbar.

ISBN: 978-3-938329-39-9

Marianne Evrard & Julia Kisker GbR
Langemarckstraße 18
D–48147 Münster
Tel.: +49-(0)-251-29 39 57
Fax: +49-(0)-2571-99 27 36
E-Mail: info@sonderpunkt-verlag.de
Internet: www.sonderpunkt-verlag.de
Druck: Krips, Meppel/NL

Denn danach suchen wir
doch letzten Endes nur,
die Poesie ins Leben zu verweben,
im Leben selbst die Poesie zu finden.

Michael Ende

Prolog

Der alte Mann griff nach seiner Feder, schrieb er mit schwarzer Tinte auf ein weißes Blatt Papier. Endlich wusste er, wie die Geschichte beginnen musste. Wie verzweifelt er gewesen war, erkannte er doch die Flüchtigkeit seiner Entdeckung. So viele Details schwebten in seinem Kopf herum, die er nicht zusammenbringen konnte. Etwas hatte gefehlt. Heute gelang es. Noch einmal war er in dem kleinen Zimmer auf- und abgegangen, hatte die Zettel betrachtet, auf denen allerlei Notizen standen. Dieses Mal fügte er nicht wieder nur weitere hinzu. Stattdessen setzte er sich an den Schreibtisch, tauchte die Feder in Tinte ein und schrieb: „Der alte Mann griff nach seiner Feder, schrieb er mit schwarzer Tinte auf ein weißes Blatt Papier ...“

Eins

Lehre

„Am Anfang war das Wort, das Wort wurde Schrift, die Schrift wurde Buch. Mit dem Buch war es möglich, das Lesen; und Lesen war Leben. Und das Lesen war das Licht der Menschen, mit dem sie erleben konnten, mit dem sie verstehen konnten. Und das Licht scheint in der Finsternis. Doch die Finsternis hat es nicht angenommen."

Unser Wort verdrehte seine Augen, doch Vater sprach weiter:

„So steht es geschrieben. Nun", verschnaufte er kurz, um dann fortzufahren:

„Der Mensch las und las, hatte aber beim Beginn der nächsten Geschichte den Inhalt der vorherigen wieder vergessen. Das Lesen konnte die Finsternis im Leben eines Menschen nicht vollkommen ausfüllen, immer blieb ein Stück Leere, das nach mehr Lesen verlangte. Die Menschen lasen nur an der Oberfläche, konnten nicht vollkommen in Worten eintauchen. Es kam zu einer Spaltung, zwei Welten entstanden, die parallel zueinander existierten. Auf der einen Seite gibt es die der Menschen. Jene Welt besteht aus Materiellem, Dingen, die zu begreifen sind, die sie berühren können. Auf der anderen Seite gibt es unsere Welt, die der Sprache. Unsere Welt besteht aus Worten. Auch wir sind zu begreifen, doch nicht so wie die Dinge in der Welt der Menschen. Wir machen ein ganz anderes Begreifen möglich. Natürlich gab es Schnittpunkte zwischen den Welten, von Anfang an. Dies musste so sein, zwangsläufig, denn

Menschen und Worte leben in Abhängigkeit voneinander. So wie ein Mensch das Interesse hat zu lesen, seine innere Leere zu füllen, so müssen wir Worte das Interesse haben gelesen zu werden. Nur dadurch bleiben wir lebendig, auf ewig in Papier gebrannt, unvergessen. Ein Wort muss gelesen werden, sonst stirbt es aus. Es gibt noch eine Abhängigkeit. Menschen müssen sprechen. Sie benutzen uns, um sich verständigen zu können. Hütet euch ausgesprochen zu werden. Wenn ein Mensch etwas ausspricht, macht er es kaputt. Worte werden genuschelt, deformiert, geändert, gebrochen und verschluckt. Das Lesen und Schreiben bringt uns in unsere reinste Form, in absolute Klarheit. Beim Sprechen bleibt nur der Schatten einer einst da gewesenen Klarheit. Vielen Dank."

Der Vater ließ sich schwer auf dem Stuhl hinter sich nieder. Er war erschöpft, doch auch froh darüber, seinen Vortrag zum Abschluss gebracht zu haben. Er hatte alles gesagt, was es für ihn zu sagen galt, mal wieder.

Unser Wort kannte die Situation schon zur Genüge. Alle zwei oder drei Wochen kam es vor. Jemand sprach ein falsches Wörtchen oder eröffnete das falsche Thema, der Vater räusperte sich dann und fing an zu referieren. Dieses Mal war es die Mutter gewesen, die ihm den Anlass gegeben hatte. Der Vater konnte nicht anders. Mysterien faszinierten ihn, schon immer. Er war Forscher, und erwähnte jemand den lieben Gott in seiner Gegenwart, musste er augenblicklich anfangen, seine bisherigen Forschungsergebnisse zu erläutern – wo kommen wir her, wer sind wir?

Die Mutter hatte die Zeitung niedergelegt, um dem Vater uneingeschränkte Aufmerksamkeit entgegenzubringen. So tat sie es immer. Sobald der Vater anfing zu erzählen, hörte sie wie im Bann zu, auf die Lippen ihres Mannes fixiert, ja, fast manisch, um nicht ein einziges Wörtchen zu verpassen.

Als der Vater jetzt endete und sich hinsetzte, endete auch die Aufmerksamkeit der Mutter.

„Das hast du schön gesagt“, sprach sie noch, als sie sich wieder ihrer Zeitung widmete, um auch dieser mit voller Konzentration zu begegnen. Wie hypnotisiert blickte sie auf das Blatt Papier und ließ kein Wörtchen aus (an dieser Stelle sei gesagt, dass das Wort Wörtchen mit Bedacht gewählt wird, da, wenn ein Wort eine Zeitung liest, es keine wirklichen Worte liest, wenn es spricht, es keine wirklichen Worte spricht, sondern etwas Kleineres, Unbedeutenderes, eben ein Wörtchen). Sowieso tat die Mutter die meisten Dinge mit hoher Konzentration. Sie hatte ihre Angewohnheiten. Unser Wort wusste, dass sie bald aufstehen, die Zeitung weglegen würde, um Staub zu saugen. Das musste man gesehen haben. Sie schwang den Staubsauger dann von einer Ecke in die andere, nicht ein Staubkorn auslassend. Sie saugte schnell und gründlich, fast manisch tat sie es, wie sie es mit den meisten Dingen tat, und wie sie eben jetzt manisch auf ihrem Sessel saß und die Zeitung las. Vielleicht war dies das Geheimnis ihrer Ehe. Nicht so wie in anderen Wortfamilien lief ihre Ehe recht harmonisch ab. Der Vater liebte seine Forschung und brauchte jemanden, der ihm ein Ohr schenken konnte. Die Mutter hörte ihm immer so konzentriert zu, dass sie ihn mit zwei Ohren beschenkte. Nach einigen Jahren des Beisammenseins schenkte der Vater ihr im Gegenzug ein Kind, unser Wort. Da der Vater stark mit seiner Forschung beschäftigt war, übernahm die Mutter die Erziehung und wie ihr euch wohl schon denken könnt, war sie eine geradezu ausgezeichnete Mutter, da sie so stark darauf konzentriert war, ja, geradezu manisch konzentriert.

Unser Wort mochte seine Eltern, doch als es jetzt schon wieder, zum zigtausendsten Mal, dem Vortrag seines Vaters lauschen musste, brach es aus ihm heraus:

„Paps, warum muss das immer sein, immer und immer wieder die gleiche alte Geschichte? Mama und ich kennen das schon in- und auswendig."

Der Vater schaute auf, musterte sein Kind von links nach rechts – es hatte so viel mit ihm gemein – und gab Antwort:

„Es ist keine Geschichte. Was ich euch beiden vermitteln will, sind fundierte Forschungsergebnisse, es ist Geschichte, tatsächlich gelebte Geschichte. Ich referiere so häufig für euch, weil es sich in euch einprägen soll. Ihr müsst wissen, wo ihr herkommt, wo eure Wurzeln liegen. Wer nicht weiß, welche Wurzeln er hat, kann nicht sicheren Schrittes in die Zukunft gehen, wird nie Früchte tragen können."

Die Augen des Vaters funkelten bei diesen letzten Wörtchen. Unser Wort wollte sich noch nicht geschlagen geben.

„Paps, ich glaub, du misst einfach allem zu viel Bedeutung bei. Wenn du nicht weißt, welche Wurzeln du hast, wirst du nie Früchte tragen. Vielleicht will ich ja gar keine Früchte tragen, vielleicht will ich mich einfach auf meine fünf Buchstaben setzen und Früchte essen, anstatt sie auf meinem Rücken herumzutragen, mir mal nicht so viele Sorgen machen, einfach leben. Du übertreibst doch."

Der Vater lehnte sich auf seinem Sessel nach vorn.

„Ich übertreibe? Das hört sich ja fast so an, als glaubst du mir auch nicht."

Der Vater besaß sehr viel Weisheit, das wusste auch unser Wort nur zu genau. Der Vater war so weise, dass man ihn manchmal vor lauter Weisheit nur schwerlich sehen konnte. Und weil der Vater manchmal kaum zu sehen war, konnte man ihn dann auch kaum verstehen. Es gab aber auch viele Worte, die ihn einfach nicht verstehen wollten. Der Vater war immer auf der Suche nach Antworten, Wahrheiten, wenn er aber mal eine fand, kam es auch dazu, dass diese für manche Worte zu unbequem war. Die meisten unter ihnen verstanden Menschen als worteausspuckende Monster. Man fürchtete sich vor Menschen, sie konnten verletzen, umformen, verkrüppeln. Als der Vater aber anfing zu verbreiten, dass Mensch und Wort in einer Abhängigkeit voneinander lebten, dass Worte auf Menschen angewiesen seien, sie womöglich sogar ausstarben, sollte sie kein Mensch mehr lesen oder schreiben, wollte das kein Wort hören. Es entwickelte sich geradezu eine Antipathie gegen den Vater, den vorlauten Forscher. Unser Wort schaute ihn versöhnlich an.

„Paps, ich glaube dir doch. Du bist schließlich mein Vater. So viel wie du arbeitet sonst kein anderer an der Konstruktion von Antworten. Das Ding ist nur, dass es außer Mama und mir niemanden gibt, der dir glaubt. Das Gegenteil ist der Fall, die anderen Worte nennen dich einen Spinner, ziehen mich sogar damit auf, Abkömmling eines Spinners zu sein. Du sagst, dass Menschen uns nicht nur ausschließlich Schaden zufügen können, sondern uns auch am Leben erhalten. Schön und gut, dann lass es uns doch dabei belassen. Du musst doch nicht dauernd wieder damit ankommen, du musst doch nicht der ganzen Welt der Sprache beweisen, dass du mit deiner Theorie die Wahrheit sprichst."

Jetzt war der Vater aufgebracht.

„Wahrheit, die anderen Worte können die Wahrheit doch gar nicht ertragen. Es ist wichtig, dass es ein jedes Wort begreift."

Unser Wort konnte es nicht verstehen und stieß die Frage mit einer schon fast unangebracht lauten Stimme aus.

„Warum ist es wichtig?"

Der Vater sprang auf.

„Es ist wichtig, weil wir die Menschen nicht nur verteufeln können, wir brauchen sie, sie lesen und schreiben uns, sie lassen uns existieren. Wenn wir den Menschen völlig den

Rücken kehren, kehren sie sich auch nicht mehr um uns. Worte würden verschwinden, in Vergessenheit geraten, auf ewig. Willst du das? Willst du das? Willst du wirklich verschwinden?“

„Ja, ich kann es nämlich nicht mehr hören!“, rief unser Wort, sprang vom Frühstückstisch auf, ließ Vater im Raum stehen und Mutter manisch ihre Zeitung lesen, und verschwand durch die Tür nach draußen.

Unser Wort war wütend. Warum musste der Vater immer so stur sein, wenn es um die verdammte Forschung ging? Es war ja nicht so, dass es ihm überhaupt nicht glaubte, nein, aber musste man so auf seiner Meinung beharren? Ein ganzes Haus hatte er sich in Buchform erbauen lassen, nur um der restlichen Welt zu zeigen, dass er sich als ein Wort fühlte, welches gelesen und geschrieben wurde, das im Buch lebte. Ein ganzes Haus in Buchform, das war doch verrückt.

Unser Wort war in einer so schlechten Stimmung, dass es eigentlich niemanden sehen wollte. Da es aber nur eigentlich niemanden sehen wollte, ging es doch los, um jemanden zu sehen, und dieser Jemand war der beste Freund unseres Wortes. Der Name des Freundes lautete Zeig.

Unser Wort folgte dem schmalen Weg, der vom Haus seiner Eltern wegführte. Schlendernd machte es sich noch immer seine Gedanken. Nach und nach wurde der Weg breiter und somit begehbarer. Je näher es dem Haus seines Freundes kam, desto besser wurde der Weg, bis es einer weiten, leeren Straße folgte. Am linken und rechten Straßenrand stand, soweit das Auge reichte, aufgereiht ein kleines Haus neben dem nächsten. Trotz der vielen Häuser war kein einziges Wort weit und breit auszumachen. Die Sonne brannte vom Himmel und weichte den Asphalt auf, sodass, hatte man Pech, man in der Straße versinken konnte. Unser Wort war zwar nicht glücklich, aber Pech hatte es nicht, die Sonne schwebte zu weit von der Straße entfernt, und so konnte es seinen Weg oder besser gesagt seine Straße ruhigen Gewissens fortsetzen.

Unser Wort ging weiter, bis es vor einem großen Tor stand, hinter dem ein riesiges Anwesen auftauchte. Das Tor war ein recht einladendes Tor, da es so weit geöffnet stand. Wenn man sich genauer umsah, gab es sogar vier weit geöffnete Tore, die sehr einladend aussahen, aber es gab niemanden, der sich genau umsah, und so gab es nur ein einziges weit geöffnetes Tor, was sich obendrein prunkvoll in die Höhe streckte. Unser Wort trat ein, überquerte den Vorplatz und ging durch eine riesige Flügeltür in einen leeren, von einem Kronleuchter hell erleuchteten Saal. In seiner Mitte stand ein um eineinhalb Meter erhöhtes Podium, auf dem ein recht gemütlich aussehender Ledersessel thronte. Der Sessel hatte an der Standfläche ein Drehgelenk, wodurch man sich auf ihm wie in einem Kreisel drehen konnte.

Zeig saß auf dem Sessel und dehnte seine Finger, indem er mit der einen Hand die Finger der anderen erfasste und langsam zurückzog, die Hand dann wechselte und die Übung wiederholte. Als sich unser Wort dem Podium näherte, drehte Zeig den Sessel mit einem Ruck zu ihm herum und blickte unser Wort mit hellwachen Augen an.

Man muss dazu wissen, dass die Augen in der letzten Nacht besonders gut geschlafen hatten, weswegen sie jetzt auch hellwach waren, wie eigentlich die meiste Zeit. Wer Zeig begegnen wollte, musste sich an wachsame Augen gewöhnen, was aber nach einiger Übung gar nicht mehr so schwer fiel.

Plötzlich kamen acht Worte in den Saal gerannt und stellten sich in einer Reihe den beiden gegenüber auf. Sie kannten ihren Boss schon sehr lange und waren so gut auf ihn ausgebildet, dass sie aus der Entfernung, in einem der kleinen Häuser sitzend, die unser Wort auf dem Weg zu Zeig gesehen hatte, bereits erahnen konnten, dass ihr Boss sie gebrauchen würde. Zeig machte eine Handbewegung von links nach rechts mit ausgestrecktem Zeigefinger und deutete somit auf die acht Worte, die darauf einer nach dem anderen ihren Namen preisgaben. Das erste Wort rief:

„Ich“

Das zweite Wort rief:

„Habe“

Das dritte Wort rief:

„Dich“

Und so rief eines nach dem anderen, alle acht Worte, bis sie geendet hatten. Was unser Wort am Ende hörte, war:

„Ich Habe Dich Schon Im Augenwinkel Kommen Sehen.“

Unser Wort antwortete:

„Weiß ich doch“, und grinste.

Im selben Moment kamen zwei weitere Worte wie wild in den Saal gerannt. Sie stellten sich zu den anderen acht und sprangen nach einer bestimmten Reihenfolge in die Luft. Zuerst sprang das Wort Weiß, dann das Wort Ich, welches schon gleich am Anfang in der Achtergruppe in den Saal hineingerannt gekommen war. Zum Schluss sprang das Wort Doch. Zeig beobachtete die Sprünge ganz genau, schaute den Worten dabei ins Gesicht und nickte. Auch er lächelte.

Unser Wort stieg zu Zeig aufs Podium.

„Ich freue mich dich zu sehen, Zeig“, sprach es und wartete dann auf die paar Worte, die von draußen in den Saal gestürmt kamen. Unter ihnen war sogar eine genaue Kopie von Zeig, aber eben doch nur ein Bediensteter. Sie alle sprangen kurz in die Luft, was Zeigs Augen nicht entging. Er umarmte seinen langjährigen Freund, unser Wort, darauf.

Um diese etwas merkwürdig Beschreibung der Situation aufzuklären, muss etwas zum Wort Zeig gesagt werden. Zeig hatte eine Besonderheit. Vom Beginn seiner Entstehung an war er taubstumm gewesen, Zeig konnte weder hören noch sprechen. Dies hat, wie man es sich denken kann, so einige Nachteile und so ersann er eine ganz spezielle Methode, die es ihm ermöglichte, seiner Bestimmung nachzugehen: Zeig zeigte und ließ zeigen. Er hatte eine riesige Anzahl von Bediensteten, die er alle wie seine Westentasche kannte. Wie andere Vokabeln lernen, so hatte Zeig die Gesichter seiner Bediensteten und deren Namen auswendig gelernt. Auch jene kannten ihren Arbeitgeber sehr gut, sie waren genau auf ihn ausgebildet. Wenn Zeig etwas sagen wollte, wusste jedes Wort ganz genau, ob es nun bald gebraucht werden würde oder nicht. Es war wie ein Kribbeln im Magen, das bescheidene Gefühl, von jemandem gebraucht zu werden. Stellte sich dieses Gefühl bei Zeigs Bediensteten ein, mussten sie zu

Hause alles stehen und liegen lassen, um auf der gut ausgebauten Straße zu ihrem Arbeitgeber zu rennen. Im Gespräch vertieft, brauchte Zeig dann lediglich auf das jeweilige Wort zu zeigen, welches darauf seinen Namen ausrief. Mehrere Worte zusammengenommen ließen ganze Sätze und Gespräche entstehen. Für die Bediensteten war es ein guter Job, da Zeig nicht so viele Gäste bekam. Vielen war die Methode, mit jemandem auf diese Weise zu sprechen, lästig und so hatten die Angestellten viel Freizeit, mussten aber immer in der Nähe der Villa bleiben, um ihren Einsatz nicht zu verpassen.

Da Zeig nicht nur stumm, sondern auch noch taub war, gebrauchte er seine Bediensteten auch, um zu verstehen, was ihm seine Gesprächspartner sagen wollten. Die Worte mussten auf die Wörtchen des Gesprächspartners lauschen. Wenn sie gebraucht wurden, rannten sie herbei, stellten sich auf und sprangen einmal kurz in die Luft. Jedes hochgesprungene Wort stand für das Wörtchen, welches der Gesprächspartner unmittelbar zuvor gesagt hatte. Da Zeig die Namen seiner Worte kannte, konnte er sich darauf zusammenreimen, was ihm das Gegenüber sagen wollte.

Zeig war ein wunderbarer Zuhörer. Um seinen beim Sprechen hoch ausgelasteten Zeigefinger zu schonen, begnügte er sich meist damit, seine Augen für ihn arbeiten zu lassen. So registrierten sie hellwach jeden einzelnen Sprung jedes einzelnen Wortes und hörten zu.

So standen nun also unser Wort und Zeig zusammen auf dem Podium und unterhielten sich auf diese ungewöhnliche Weise. Es erzählte davon, was zu Hause vorgefallen war und Zeig ließ sich alles ganz genau erklären. Er kannte die Problematik natürlich schon. Zeig zeigte:

„Es Ist Immer Das Gleiche Bei Dir Zu Hause.“

Die Worte flitzten nacheinander in den großen Saal und riefen, wie ihnen diktiert wurde.

„Es Ist So Ein Widerspruch, Den Dein Vater Da Als Bare Münze Auf Den Markt Wirft. Auf Der Einen Seite Soll Man Sich Vor Den Menschen Hüten, Auf Der Anderen Die Menschen Nicht Vergraulen, Das Greift Doch Nicht Ineinander."

Mit jedem Wort wurde der Saal voller. Unser Wort sprach laut und deutlich, er wollte, dass seinem Freund jedes Wörtchen gezeigt wurde.

„Ich weiß, es passt nicht. Und überhaupt, wie sollte man die Menschen für sich gewinnen und wie sollte man sich vor ihnen schützen? Ich für meinen Teil kann beide Fragen kaum beantworten, die eine noch weniger als die andere."

Zeig drehte sich wild im Kreis, um auf seinem Sessel jedes hüpfende Wort auszumachen. Es hatte sich jetzt schon eine beachtliche Menge Worte in der Halle angesammelt und immer noch strömten mehr hinein. Manch ein Wort, welches bisher in dem Gespräch nur ein einziges Mal verwendet worden war, und zwar ziemlich am Anfang, lehnte sich an eine Wand im Saal und schien gelangweilt zu sein, so selten gebraucht zu werden.

Zeig zeigte:

„Wie Man Sie Für Sich Gewinnen Kann, Kann Ich Dir Nicht Beantworten, Da Hab Ich Keine Ahnung."

Das Wort Ich war ganz außer Atem vom vielen Springen und Rufen.

„Ich Kann Dir Nur Sagen, Dass Es Ein Paar Möglichkeiten Gibt, Sich Die Menschen Vom Leibe Zu Halten."

„Erzähl es mir", sagte unser Wort gespannt.

Der Vater hatte schon so häufig von der Gefahr gesprochen, ausgesprochen zu werden, und von der Wichtigkeit, von einem Menschen gelesen zu werden. Ging es aber um die Praxis, erwähnte er nie etwas. Er war Forscher, gab sich ein Leben lang der Theorie hin. Über die Maßnahmen zum praktischen Schutz hatte er noch nie referiert. Viele Worte hatten Angst, ausgesprochen zu werden, doch die wenigsten sprachen darüber, geschweige denn von den Möglichkeiten zum Schutze. Die Worte vertraten eher die Ansicht, je weniger man von der Angst sprach, desto weniger Angst hatte man.

Zeig schaute seinen Freund für einen Augenblick eindringlich an, um sich dann wieder hin und her zu drehen und seine Worte zu dirigieren.

„Man Muss Selten Werden, Man Muss Zu Einem Wort Werden, Das Nicht Häufig Gebraucht Wird, Nicht Häufig Ausgesprochen Wird. Minimiere Die Wahrscheinlichkeit, Von Einem Menschen Verformt Zu Werden. Werde Sperrig, Werde Zu Einem Begriff, Den Menschen Nicht Häufig Benutzen, Weil Er Schlecht Ankommt. Sei Hässlich, Werde Zu Einem Ekligen Wort. Es Besteht Immer Noch Die Gefahr Als Beleidigung Ausgespuckt Zu Werden Und Gerade Das Kann Hart Sein, Aber Die Gefahr Ist Lange Nicht Mehr So Groß."

Zeig hatte sich in seinen Vortrag hineingesteigert. Das sonst so schweigsame Wort zeigte jetzt in alle Richtungen des Raumes, und das in einer Geschwindigkeit, die nicht mehr nachzuvollziehen war. Gut, dass er sich im Vorfeld gedehnt hatte. Immer mehr Bedienstete strömten ein, die Halle war voll von Worten, die aus den unterschiedlichsten Ecken riefen. Es war heiß und voll, es wurde unbequem. Nur noch, weil er auf dem erhöhten Podium stand, konnte Zeig zeigen. Auch unser Wort war glücklich dort oben zu stehen und nicht in der Wortmasse unter ihnen. Zeig machte weiter.

„Auch Wenn Du Kompliziert Wirst, Benutzen Dich Die Menschen Nur Selten. Versuche Kompliziert Zu Sein,

Unaussprechbar, Ein Zungenbrecher, Dann Werden Dich Die Menschen Fürchten Und Nicht Du Die Menschen. Mein Freund, Verändere Dich, Stell Dich Um, Werde Zu Etwas Neuem!“

Unser Wort blickte seinen Freund mit großen Augen an.

„Wie, Zeig, wie kann ich mich umstellen?“

In diesem Moment geschah etwas, dass niemand erwartet hätte, nicht unser Wort, nicht Zeig und noch viel weniger die hunderten von Bediensteten, die sich jetzt im Saal dicht an dicht drängten. Es war Zeig, der mit vor Horror starrenden Augen nicht mehr auf Worte zeigte, sondern auf die weit geöffnete Flügeltür am Eingang des Saals. Zwei riesige Schläuche standen dort, schlank und aufrecht. Keines der anwesenden Worte hatte so etwas schon einmal zuvor gesehen, doch jedes einzelne Wort im Saal wusste ganz genau, was da in der Tür stand – es waren Stimmbänder, die nicht die geringste Bewegung ausführten. Zeig wollte etwas sagen, doch gab es kein Wort mehr, dass ihm hätte zu Diensten sein können. Der ganze Saal und auch die Worte darin blickten auf die Stimmbänder, die immer noch kerzengerade im Eingangsbereich standen.

Dann brach Chaos aus. Weil die Worte dicht an dicht standen, fingen sie an, sich gegenseitig zu schubsen, sie wollten raus aus dem Saal, der zu einem Käfig geworden war, und drängten zum Ausgang. Diejenigen Worte, die nah am Ausgang standen, drängten zurück, da sie nicht in die Nähe der Stimmbänder kommen wollten. Worte schrien, weinten, kreischten, einzelne Worte lagen am Boden, in Ohnmacht gefallen, unter der chaotischen Wortmenge begraben.

In diesem Chaos fingen die beiden Stimmbänder an, sich zu dehnen. Sie zogen sich zusammen, streckten sich wieder, zogen sich zusammen und streckten sich wieder, es sah furchtbar aus. Dann kam der Sog. Worte wurden von ihren

Beinen gehoben oder schlitterten am Boden auf die Bänder zu. Die Stimmbänder gehörten zu einem Menschen, der begonnen hatte, Luft einzusaugen. Von diesem Sog angezogen, strebten sie nun Richtung Öffnung, die sich zwischen den Bändern auftat.

Das erste Wort, Zeig erkannte es als Es, geriet zwischen die Bänder. Das kleine Wort konnte sich nicht lange gegen den Sog wehren. Von einem Moment auf den anderen verlor Zeig Es aus den Augen. Es war zwischen den Stimmbändern verschwunden. Immer mehr Worte verschwanden, ganze Wortgruppen wurden gleichzeitig verschlungen – es war eine Tragödie.

Das Podium kippte, unser Wort und Zeig fanden sich auf dem Boden wieder. Auch sie strebten vom Sog angezogen auf die Bänder zu. Unser Wort schrie. Zeig klammerte sich in letzter Sekunde mit seinen Beinen an dem umgekippten Podiumssessel fest. Im Rutschen ergriff er unseres Wortes Hand und zog es an sich heran, um es so vor dem Sog zu schützen. Unser Wort war gerettet, für den Moment.

Es waren kaum noch Worte im Saal. Zeig blickte seinem Freund tief in die Augen. Eine Träne kullerte ihm über das Gesicht. Es gab für die beiden keine Möglichkeit mehr miteinander zu kommunizieren, doch verstanden sie sich in diesem Moment wohl besser als je zuvor in ihrem Leben. Auch unserem Wort standen die Tränen in den Augen. Dann ließen Zeigs Kräfte nach. Er ließ seinen Freund los und lieferte ihn damit dem Sog aus. Er sah noch, wie es von den Stimmbändern verschluckt wurde. Dann ließ Zeig selbst den Sessel los und rutschte den Bändern entgegen.

Der Sog hörte auf, die Bänder verschwanden. Es war still. Ganz alleine lag er in sich zusammengekauert in seiner winzigen Hütte. Die Hütte lag wiederum ganz allein in sich zusammengekauert in einem dichten Wald, keine Straße weit und breit zu sehen. Das Hütteninnere war nur von einer einzigen Kerze erleuchtet, die es uns zuließ, ihn dort auf dem kalten Boden liegen zu sehen. Zeig hatte keine Zeit mehr gehabt, unserem Wort zu erklären, wie man sich vor den Menschen schützen konnte, wie man sich umstellte. Sein Freund war verschwunden, verschleppt von einem Menschen. Er selbst hatte sich gerettet. In dem Moment, als er auf die Bänder zustrebte, hatte sich Zeig umgestellt. Aus Zeig war von einem Moment auf den anderen Geiz geworden. Der Sog versiegte und die Bänder verschwanden, sie hatten nicht das geringste Interesse an ihm. Nicht viele Menschen würden Geiz offen zugeben, ihn vor anderen aussprechen. So blieb Geiz verschont, unausgesprochen, verheimlicht. Seine Vorzeigevilla hatte sich in eine kleine Holzhütte verwandelt, in der Zeig nun getarnt als Geiz lag und seinen Tränen freien Lauf ließ. Er hatte alles verloren, seine Bediensteten, seinen Ledersessel, aber was das Schlimmste war, er hatte seinen besten Freund verloren und hatte ihn nicht retten können.

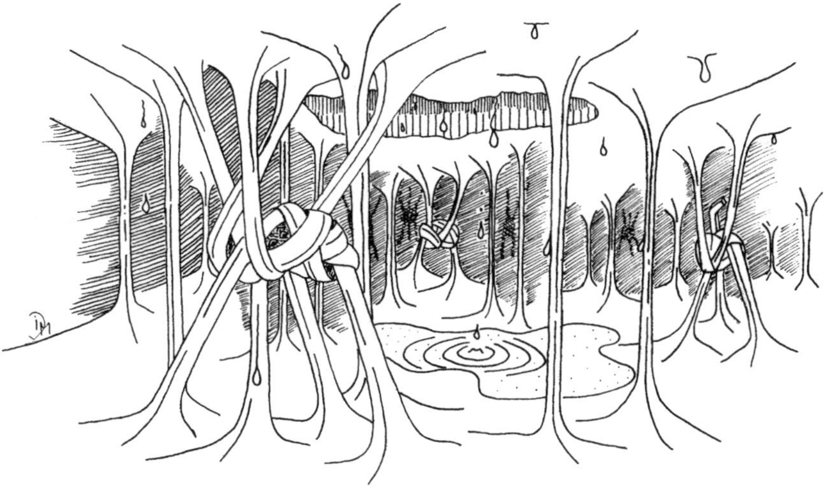

Zwei

Guten Tag und Gute Nacht

Unser Wort befand sich, so schien es, in einer Tropfsteinhöhle. Doch waren die Wände nicht hart wie Stein, sie waren weich und schlugen leichte Wellen. Überhaupt sahen die Wände gar nicht nach Wänden aus. Sie waren rötlich pink, fleischfarben und von einer glatten Hautschicht überzogen, die ständig Flüssigkeit absonderte und so die Außenhaut befeuchtete. Alle fünf Buchstaben unseres Wortes waren an die Stimmbänder gebunden, so straff, dass es schmerzte und es sich keinen Zentimeter weit hätte bewegen können. Erschöpft hing es in den Bändern. Aus einem Schlund, der nach oben führte, drang ein schwaches Licht, so dass unser Wort ausmachen konnte, was um ihn herum geschah.

Es war nicht das einzige Wort, das in dieser unwirklichen Höhle gefangen gehalten wurde. Mit ihm hingen Massen, hunderte von Worten, an den Bändern, stöhnend und schluchzend auf die Dinge wartend, die da kämen. Die meisten Worte ließen die Köpfe hängen, anscheinend aller Kräfte beraubt, nur noch auf ihr Schicksal wartend. Andere Worte wanden sich in den Bändern, eine Möglichkeit suchend, sich zu befreien. Sie schrien mit irrem Blick:

„Lasst mich raus! Lasst mich raus!“, oder:

„Das könnt ihr doch nicht machen, welches Recht habt ihr, das mit uns zu machen?“

Obwohl die Worte wussten, dass ihr Geschrei nichts brachte, schrien jene weiter, die noch genügend Kraft dazu hatten. Was blieb ihnen anderes übrig – Warten, Erdulden, Todesangst-Erleiden.

Dann schlugen die ersten Bänder aus. Worte, die sich eben noch fixiert nicht bewegen konnten, wurden nun den Schlund hinauf Richtung Lichtquelle geschleudert. Zunächst blieb es ruhig. Die wenigen Worte, die zuvor noch geschrien hatten, verstummten vor Entsetzen zu sehen, wie die Stimmbänder Worte wie leblose Sandsäcke hinaufschleuderten.

Unser Wort wusste nicht, was da am Ende des langen Schlundes geschah, doch hörte es Töne, die es noch viele Jahre später in seinen Albträumen aufsuchten.

Es waren Schreie von Worten, die die entsetzliche Grausamkeit nicht mehr aushalten konnten und schrien, einfach schrien. Unverständlicherweise riefen sie ihre eigenen Namen. Unser Wort hörte „Ichhhh!“ und „Kaaaaaannnnn!“, doch versuchte dann wegzuhören, denn es konnte die Qualen, die durch die Schreie zur Wirklichkeit wurden, nicht mehr ertragen. Etwas Schreckliches musste da oben geschehen sein und geschah weiter, denn mehr und mehr Worte wurden den Schlund hinaufgeschleudert.

Das Stimmband, an das unser Wort gebunden war, fing an sich zu bewegen. Tränen schossen unserem Wort in die Augen. Dann schlug das Band aus und schleuderte es durch die Höhle den Schlund hinauf auf die Öffnung zu, von der die Schreie drangen.

Der Aufprall war weich. Unser Wort fand sich in einer klebrigen Speichelmasse wieder, dasselbe Sekret, das an den Wänden zu sehen gewesen war, doch das hier in Mengen vorhanden zu sein schien. Unser Wort hielt die Luft an und sank augenblicklich wie ein Stein nach unten. So sehr es sich auch bemühte, konnte es die Oberfläche des klebrigen Sees nicht erreichen. Die Glieder wurden schwer und taub, unser Wort sank tiefer und tiefer.

Der Zungenmuskel kümmerte sich um alles Weitere. Er fuhr mit seiner unaufhaltsamen Kraft durch den See und schob den Speichel beiseite. Dabei blieben die jetzt völlig erschöpften Worte auf der Zunge liegen, sie rührten sich kein Stückchen mehr.

Unser Wort lag, nach Luft schnappend, auf der rauen Zunge, die die Worte im Munde umdrehte, sie sich zurecht legte und auf die Öffnung, die sich nun weit aufgerissen offenbarte, zuschob. Die Zunge zog sich zurück. Fünf Worte lagen nun hintereinander in einer Reihe vor der Öffnung, die in ein endloses Nichts zu führen schien. Unser Wort öffnete vorsichtig die vom Speichel verklebten Augen und sah eine verschwommene Welt um sich herum. Es blinzelte ein paar Mal, bis sein Blick klarer wurde. Fast hatte es das Wort, was da vor ihm unmittelbar vor dem Abgrund lag, nicht erkannt, so verformt sah es aus. Der Körper war übersät von Speichel, Kratzern und Beulen. Die Augen lagen tief in ihren Höhlen, der Mund war verklebt.

Es war Es, das da im knappen Abstand bewegungslos lag, oder zumindest das, was von Es übrig geblieben war. Das kurze Wort hatte die Augen geschlossen und atmete flach. Unser Wort wollte zu ihm kriechen, wollte schauen, ob er Es irgendwie helfen konnte, doch reagierten die Glieder nicht auf seine Befehle – unser Wort lag da, bewegungslos.

Die Zunge kam zurück, unser Wort sah aus dem Augenwinkel, wie sie mit viel Kraft ausholte und sie Es einen gewaltigen Zungenschlag auf den Rücken verpasste, der ihn durch die Öffnung in den freien Raum stürzen ließ. Es riss die Augen auf. In jenem Moment war seine Not am größten, vor Not irrewerdend drehte sich die Not um sich selbst und wurde zu einem Ton. Mit vor Schmerz verzerrtem Gesicht hatte Es seinen Namen gekreischt.

„Esssss!!!", war der Ton, den die noch in einer Reihe liegenden Worte in einer absurden Lautstärke schallend vernahmen und den sie kaum ertragen konnten, und der jetzt zusammen mit Es aus dem Mund des Menschen gespuckt wurde.

Das Wort Es hatte nicht mehr nur ein Wörtchen geschrien. Von den Folterinstrumenten des menschlichen Sprechorgans dazu getrieben, hatte Es sich selbst geschrien. Der Ton, den Es dabei erzeugte, war laut und zischend, unnatürlich, krank.

Es war verschwunden und unser Wort war das nächste in der Reihe, das ganz vorne vor der Öffnung lag. Hinter ihm lagen noch drei weitere Worte, von dem es eines ganz besonders erwischt hatte. Nicht wie unser Wort war es in Speichel gelandet, sondern war an einen der weißen spitzen Türme geraten, an die Zähne, von denen die Öffnung gesäumt wurde. Das Wort hatte es fast auseinander gerissen, so reagierte es nicht einmal mehr auf die qualvollen Schreie seiner Leidensgenossen. Es lag auf der Zunge und starb.

So sprechen die Menschen also. Sie fügen Worten unsägliche Qualen zu, um einen Ton aus ihnen zu pressen. Menschen sind Monster, Vater hatte Unrecht, dachte unser Wort und versprach sich in diesem Moment, niemals auf das Lesen und Schreiben eines Menschen angewiesen zu sein, als der Zungenschlag seinen Rücken traf und es unter schrecklichen Schmerzen den Namen ausstieß, den es von der Entstehung an in sich getragen hatte und den man jetzt für eine lange Zeit nicht mehr von unserem Wort hören würde. Dann wurde ihm schwarz vor Augen, die Welt verlief in dunkelster Tinte – unser Wort war ohnmächtig.

Der Aufprall war hart. Den Buchstaben U hatte es am schlimmsten getroffen, er sah wegen der riesigen Beule auf ihm fast aus wie ein A oder O. Natürlich ahnte unser Wort davon nichts.

Der Mensch hatte unser Wort benutzt und dann, als es seinen Zweck erfüllt hatte, ausgespuckt. Nun lag es irgendwo in der großen Welt der Sprache auf einem Feld. Viele Stunden lag es da und rührte sich nicht.

Als es wieder erwachte, war unser Wort allein. Die Welt war noch immer in Tinte versunken. Sie war aber nicht mehr so dunkel wie in der Ohnmacht noch einige Sekunden zuvor. Jetzt gab es in der Dunkelheit hunderte von Sternen, die unser Wort wie Augen vom Nachthimmel aus betrachteten. Es fühlte sich so schwach wie noch nie in seinem Leben. Der ganze Körper war ein einziger Schmerz. Es dachte daran, wie es wäre, aufzustehen, sich zu strecken und durch die Nacht zu laufen. Es würde rennen, so schnell es eben konnte, springen, so hoch es eben konnte und in die Nacht hineinrufen, irgendetwas, egal was. So versuchte es jetzt die müden Glieder zu strecken, den Kopf zu heben und um sich zu schauen.

„Am besten ist es, wenn du einfach ganz ruhig liegen bleibst.“

Unser Wort hielt inne. Es wusste nicht, wer da gesprochen hatte, noch aus welcher Richtung die Stimme gekommen war. Es drehte den Kopf und spähte in tiefste Nacht. Nach einiger Zeit sprach die Stimme erneut:

„Lass deinen Kopf fallen und entspanne dich. Du brauchst jetzt sehr viel Ruhe, dein Aufprall war hart."

Unser Wort war sich nicht sicher, was es da hörte, die Erschöpfung hatte seinen Verstand vernebelt. Doch schien es eine Frauenstimme zu sein, die zu unserem Wort sprach, ja, es war eine Frauenstimme, die wie eine Windböe von oben kam und sein Gesicht streifte. Die Stimme kam von oben.

Unser Wort tat, wie ihm geheißen. Es legte den Kopf auf den weichen Erdboden und versuchte zu entspannen. Die Augen waren noch immer geöffnet, doch konnte es nur die Sterne in der Dunkelheit leuchten sehen, nicht mehr. Die Herkunft der Stimme, die unserem Wort anscheinend gut gesonnen war, blieb verborgen.

„Warum sehe ich dich nicht?", fragte unser Wort leise und mühselig in die Stille der Nacht hinein.

Für wenige Augenblicke war nichts mehr zu hören und unser Wort dachte schon, es hätte sich träumend die Stimme nur eingebildet, doch dann bekam es Antwort:

„Du kannst mich nicht sehen, weil ich zu dunkel für dich bin."

Unser Wort dachte über die Antwort nach und fragte dann immer schwächer werdend:

„Du meinst, dass es zu dunkel ist, um dich zu sehen?"

Unser Wort wusste nicht, wie viel Zeit vergangen war, bis es hörte:

„Ja, doch ist dies das Gleiche. Aber jetzt schließe deine Augen und schlaf …"

Unser Wort konnte nicht mehr unterscheiden, ob die letzten Wörtchen Teil der Stimme waren oder eine leichte Brise, die über ihn hinweg zog. Jedenfalls fielen ihm die Augen zu, das Denken war zu anstrengend geworden, es döste ein und schlief.

Es hatte die ganze Nacht über tief und fest geschlafen und als es nun die Augen öffnete, wurde es vom Tag begrüßt:

„Hallo, wie geht es dir heute Morgen? Schmerzt es dich sehr?"

Unser Wort gähnte und wollte sich strecken, als mehrere schmerzhafte Stiche in den Gliedern ihm das Strecken unmöglich machten. Es lag noch immer auf dem Rücken und schaute nun in einen blauen Himmel, an dem keine einzige Wolke hing. Die Sonne schickte ihre kräftigen Lichtstrahlen aus, um die Erde nach der langen Nacht wieder aufzuwärmen.

„Wer spricht da?", fragte unser Wort, das sich wunderte, wo all die seltsamen Stimmen herkamen.

Dieses Mal musste es nicht lange auf eine Antwort warten.

„Ich bin Tag und ich wollte dir nur einen guten Morgen wünschen. Du hast recht lang geschlafen, ob du gut geschlafen hast, weiß ich nicht, du hast jedenfalls recht viel gestöhnt und gejammert. Es ist schon spät, aber für dich eben immer noch Morgen, also guten Morgen. Ich freue mich, dich endlich kennenzulernen."

Trotz der Schmerzen, die immer noch in den Gliedern unseres Wortes steckten, musste es schmunzeln. Das war eine wahrlich nette Geste, die der Tag ihm da entgegenbrachte.

„Wo bist du? Ich kann dich nicht sehen", fragte unser Wort mit deutlicherer Stimme als in der vorherigen Nacht.

„Hier oben", gab der Tag zur Antwort.

„Wo?"

Unser Wort versuchte, sich nach allen Richtungen umzuschauen, doch konnte es nichts entdecken.

„Ich bin zu hell für dich, du kannst mich gar nicht sehen, selbst wenn du wolltest."

Ha, jetzt wusste unser Wort, wo der Tag steckte.

„Ich sehe dich, du bist die Sonne, deswegen bist du so hell."

„Nein, ich bin der Tag", sagte der Tag.

Doch unserem Wort kam das recht unglaubwürdig vor.

„Du bist doch die Sonne, ich sehe dich doch. Da oben, da bist du."

„Ich bin nicht die Sonne. Ich bin der Tag. Früher war das mal das Gleiche, aber das ist lange her. Meine Helligkeit nennen sie Sonne."

Unser Wort wurde aufmerksam.

„Wer?"

Der Tag zögerte kurz:

„Die Menschen."

Unser Wort wusste nicht, warum, doch lief es ihm kalt den Rücken hinunter, seine Glieder schmerzten stärker als zuvor.

„Die Menschen? Heißt das, die Menschen haben dich gemacht?"

„Nein, nein, ich war schon, ich war Tag. Die Menschen sahen bloß die viele Helligkeit, die mich verbarg, und nannten mich dann Sonne."

Unser Wort begann zu begreifen.

„Aber warum machen die Menschen denn aus einem Wort zwei?"

„Sie mögen das. Menschen wollen alles so genau wie möglich benennen können und je mehr Worte sie dafür haben, desto genauer können sie benennen", gab der Tag Antwort.

„Aber jetzt erzähl mal. So wie du heute Morgen im Schlaf gejammert hast, musst du ja schrecklich aussehen. Was ist dir passiert, warum liegst du dort unten auf dem Feld?"

Erst jetzt wurde es unserem Wort bewusst. Es dachte scharf nach, doch die Frage blieb bestehen. Was war passiert?

„Ich weiß es nicht mehr."

„Du weißt es nicht mehr?"

Unser Wort schaute auf seinen ramponierten Körper.

„Nein, ich habe keine Erinnerung. Das Einzige, was ich weiß, ist, dass ich hier auf dem Feld erwacht bin, es war stockfinster."

„Und dann kam ich zufällig vorbei und hab dich gefunden", sprach der Tag.

Unser Wort schaute in Richtung Sonne, in der Hoffnung, dem Tag dabei ins Gesicht zu sehen, doch blendete es schrecklich und so wendete es sich schnell wieder ab.

„Du hast also nicht gesehen, was passiert ist?"

„Nein", sprach der Tag. „Mich brauchst du nicht zu fragen, ob ich etwas gesehen habe."

„Warum nicht?", wollte unser Wort wissen.

„Du musst wissen, dass ich vieles sehe. An so manchem Ort ist es gerade Tag und so sehe ich viele Dinge gleichzeitig. Doch sehe ich nichts genau. Einzelheiten bleiben mir verborgen. Wenn ich mir aber etwas ganz genau betrachte, sagen wir, jemandem in die Augen schauen möchte, blende ich ihn. Mein Licht ist auf einen Punkt gebündelt so stark, dass ich den Punkt verbrennen würde. So verzichte ich darauf und schaue mir stattdessen das Große und Ganze an, ich kümmere mich einfach nicht um die Details, und dadurch, dass ich mich nicht um sie kümmere, kümmere ich mich doch, denn sie bleiben vor mir verschont."

„Heißt das, dass du mich jetzt gerade gar nicht sehen kannst?"

„Oh doch, ich sehe dich. Da ist ein dunkler Punkt auf einem großen Feld, das bist du."

Unser Wort fand es schade, dass es den Tag nicht sehen konnte. Dass der Tag aber auch unser Wort nicht sehen konnte, zumindest nicht so genau, glich es seiner Meinung nach wieder aus.

„Das ist auch der Grund, warum mich die Worte nicht anschauen. Wer würde schon freiwillig durch die Sonne schauen, um mich zu sehen? Sie würden erblinden."

„Du musst dich ja ganz schön einsam fühlen, so ohne dass dich jemand anschaut?"

Der Tag wurde trüb, es fing sogar an, zu regnen.

„Manchmal ist das so, da hast du Recht. Doch es gibt auch Momente, in denen sich jemand Zeit für mich nimmt, sich hinlegt, in den Himmel schaut und in den Tag träumt. Für solche Momente bin ich dankbar und weißt du was?"

Der Himmel hatte sich aufgeklart, die Sonne kam wieder zum Vorschein.

„Was?", fragte unser Wort.

„Durch dich hatte ich heute einen solchen Moment. Lehn dich zurück und lass mich deine Wunden versorgen. Es ist mir egal, dass du nicht mehr weißt, wo sie herkommen, behandelt werden müssen sie trotzdem."

Unser Wort tat, wie ihm geheißen, es war noch immer sehr angeschlagen und brauchte nach dem langen Gespräch erst einmal Ruhe. So lehnte es sich jetzt zurück und ließ den Tag seine Strahlen auf ihn scheinen. Die Wärme durchflutete seinen Körper und flößte ihm ganz langsam neue Kräfte ein. Unser Wort schloss die Augen und entspannte. Nachdem es so für mehrere Stunden gelegen hatte und eingeschlafen war, wurde auch der Tag ganz schläfrig. Er ließ unser Wort auf dem Boden liegen, zog sich selbst zurück, legte sich nieder und schlief.

In dem Moment, als der Tag verschwunden war, kam die Nacht um die Ecke geschlichen und legte sich über unser

Wort, kühlte seine Wunden und säuselte Geschichten von anderen Welten in seine Ohren, die als Träume in der Fantasie unseres Wortes Wirklichkeit fanden.

Als unser Wort erwachte, war der Tag verschwunden. Um ihn herum war tiefste Nacht. Dieses Mal war sie viel dunkler als zuvor, denn selbst die Licht bringenden Sterne zeigten sich in dieser Nacht nicht. Unser Wort fühlte sich viel besser als noch am vorherigen Tag. Es konnte sich ohne Schmerzen strecken und mit ruhigem Gewissen in die Nacht hinein gähnen. Zum Aufstehen fühlte es sich noch immer zu schwach und so blieb es liegen. Unser Wort dachte noch, ob wohl die Frauenstimme wieder auftauchen würde, als es hörte:

„War es dir angenehm?"

Unser Wort reagierte blitzschnell:

„Wer bist du? Ich finde es schrecklich unhöflich, sich nicht einmal vorzustellen, und irgendwelche Fragen in den Raum zu werfen, auf die man nicht im Geringsten vorbereitet ist. Wie ist dein Name?"

Wäre die Nacht nicht ausnahmslos schwarz gewesen, wären ihre Wangen jetzt rot angelaufen.

„Entschuldige, es kommt nicht so häufig vor, dass ich ein Gespräch mit einem Wort habe. Mein Name ist Nacht, ich bin sozusagen die Nacht, wenn du es so haben willst. Wie heißt du?"

Jetzt war es unserem Wort peinlich, so grob zur Nacht gewesen zu sein und sich jetzt selbst nicht vorstellen zu können.

„Schön, dich kennenzulernen, Nacht. Ich hab leider keinen Namen, ehm, oder zumindest kann ich mich an meinen Namen nicht mehr erinnern", sagte unser Wort.

Die Nacht war erstaunt.

„Ich hätte nicht gedacht, dass es so schlimm sein würde, der Aufprall war hart, das auf jeden Fall, aber den eigenen Namen zu verlieren, das ist eine Tragödie."

„Hast du gesehen, was mit mir passiert ist?“, fragte unser Wort aufgeregt.

„Oh ja, das hab ich“, setzte die Nacht hinzu und begann zu erzählen:

„Ich hatte mich lange Zeit auf der anderen Seite der Welt der Sprache aufgehalten. Vorgestern sah ich dann Licht immer näher kommen und so rannte ich davon. Du musst wissen, dass meine Augen nach all den Jahren in Dunkelheit sehr empfindlich geworden sind. Wenn ich zu viel Licht auf einmal sehe, brennt mir das in den Augen. Ich machte mich also davon und kam auf diese Seite der Welt, breitete mich auch über das Feld aus, auf dem du jetzt liegst. Ich hörte arge Schreie und wollte sehen, was da vor sich ging. Normalerweise wird es immer sehr ruhig, wenn ich auftauche. Die meisten Worte schlafen dann, kaum jemand spricht mit mir, und Schreie höre ich normalerweise gar nicht. Zuerst suchte ich unter mir nach dem Grund der Schreie. Dann merkte ich aber, dass die Ursache hinter mir stand, also über mir. Ein Mensch ließ da zahlreiche Worte fallen. Sie fielen durch mich hindurch und landeten auf dem Boden, einige landeten weich, andere wiederum hart. Einige berappelten sich schnell und machten sich davon, andere blieben liegen. Du warst eines von den Worten, die liegen blieben. Ich legte mich also über dich, um deine Wunden zu kühlen, erzählte dir Geschichten, um dir einen guten Schlaf zu bescheren. Daher meine Frage, ob es dir angenehm war?“

Unser Wort musste schlucken. Es war also von einem Menschen ausgesprochen worden. Die schlimmste Befürchtung eines jeden Wortes war ihm widerfahren und es konnte sich nicht im Geringsten daran erinnern.

„Danke, das war wirklich sehr nett von dir. Die Schmerzen haben echt nachgelassen. Der Tag hatte sich gestern noch so gut um mich gekümmert. Das zusammen mit dir war richtig gut.“

Die Nacht war erschrocken.

„Richtig, du bist dem Tag begegnet! Deswegen musste ich dich gestern im Stich lassen. Ich sah das Licht kommen und dann bin ich geflohen. Es tut mir Leid."

„Du bist vor dem Tag geflohen? Das gibt es doch nicht. Der Tag ist so nett zu mir gewesen. Obendrein ist er so einsam, kein Wort schaut ihn an. Und du rennst vor ihm weg? Er hätte sich unglaublich gefreut, dich zu sehen, da bin ich mir sicher", sprach unser Wort.

„Er ist einsam?"

„Ja, und wie."

„Das ist merkwürdig."

„Warum?", fragte unser Wort.

„Na ja, all die Zeit dachte ich immer, dass nur ich so viel Pech hab. Du weißt ja, Pech-schwarz und schwarz wie die Nacht und so.

Alle Worte um mich herum schlafen meist und keiner nimmt sich Zeit für mich. Die anderen Worte können mich nicht sehen, weil ich zu dunkel bin. Nur die Sterne stehen mir bei. Und jetzt erzählst du mir, wie einsam der Tag sei. Ich war immer neidisch, weil bei Tag die Worte doch wach sind."

„Du kannst mir glauben, der Tag hat es mir selbst erzählt."

„Ich glaube dir ja, ich glaube dir, ich selbst verschwinde ja, wenn er kommt."

„Aber warum denn? Es gibt doch gar keinen Grund dazu."

„Es ist sein Licht, es brennt in den Augen."

„Hast du es denn jemals auf einen Versuch ankommen lassen? Hast du gewartet, dass sich deine Augen an das Brennen gewöhnen?"

„Nein, ich bin davongerannt", gab die Nacht zu.

„Dann bleib heute bei mir. Ich werde nicht schlafen, ich werde mit dir aufbleiben und wir werden so lange zusammen warten, bis der Tag kommt.“

So taten sie es. Die Stunden vergingen und sie warteten noch immer, aber der Tag wollte und wollte nicht kommen. Die Nacht lag über unserem Wort und kühlte die Wunden, die jetzt schon gar nicht mehr groß waren. So lag unser Wort auf dem Rücken und beobachtete den schwarzen Nachthimmel so intensiv, dass nach einiger Beobachtung sogar die Sterne herauskamen und sich zeigten.

Eine Tragödie, seinen Namen vergessen zu haben, hatte die Nacht gesagt. Was konnte es schon dagegen machen? Seine Erinnerung war weg, es war machtlos. So lag unser Wort in Gedanken versunken und die Stunden flogen wie Sternschnuppen vorbei.

„Er kommt“, flüsterte die Nacht.

Unser Wort spähte in alle Richtungen, bis es einen in rote Farbe getunkten Himmel sehen konnte. Gelbe und rote Lichtstrahlen breiteten sich über das Land aus und erhellten die Dunkelheit, es war wunderschön. Unser Wort sprach zur Nacht:

„Bleib bei mir und sieh in das Licht. Ich schwöre dir, dass sich deine Augen an den Anblick gewöhnen werden.“

Die Nacht blieb. Ihre Augen brannten, sie tränten sogar, was dem Land einen weiteren Regenschauer bescherte, doch wusste man nicht, ob dieser auf die brennenden Augen zurückzuführen war. Vielleicht weinte die Nacht auch, weil sie noch nie etwas Derartiges gesehen hatte. Sie wandte ihren Blick nicht ab von dem malerischen Sonnenaufgang, mit dem der Tag die beiden zu begrüßen schien. Der Anblick spendete eine solche Wärme und einen solchen Trost. Nach all den Jahren, in denen die Nacht meinte, alles auf Erden schon einmal gesehen zu haben, offenbarte sich ihr jetzt eine solche Schönheit. Ja, es regnete, doch waren der Grund nicht die Augen – das Brennen war schon lange vergessen – es regnete in diesem Moment auf Grund einer überwältigenden Woge an Gefühlen, die immer dann aufkommt, wenn sich jemand unsterblich verliebt. Die Nacht hatte sich in den Tag verliebt und musste nun weinen aus purem Glück. Der Regen vermischte sich mit den Sonnenstrahlen und bildete einen Regenbogen, der Nacht und Tag verband. Auch der Tag lachte, als er seinen Freund, unser Wort, zusammen mit der Nacht sah. Die Nacht war so dunkel, dass sie die Hälfte des Lichtes verschluckte, die der Tag aussendete. Dadurch war jener nicht mehr so hell und konnte von der Nacht gesehen werden. Ganz deutlich sah sie seine markanten Gesichtszüge und sein blondes Haar. Andersherum beschien der Tag die Nacht so sehr, dass er trotz Dunkelheit, ohne sie zu blenden oder zu verbrennen, das Gesicht der Nacht sehen konnte. Sie hatte mondfarbene Haut und langes, schwarzes Haar: Die Nacht war eine Schönheit. So standen sie nun Hand in Hand vor unserem Wort. Sie hatten noch kein Wörtchen zueinander gesprochen, doch dies war überhaupt nicht nötig, da so mancherlei Dinge gar keiner Wörtchen bedürfen.

Langsam stand unser Wort auf. Hier und da zwickte es zwar noch ein wenig, doch war das Schlimmste überstanden, es war halbwegs genesen. So stand es nun in der Morgendämmerung, es war weder Tag noch Nacht, es war etwas anderes – es war Liebe, vor der es stand und mit deren Lippen der Tag und die Nacht nun zu ihm sprachen:

„Jedes Wort ist, was es heißt. Ich heiße Nacht, also bin ich. Du hast vergessen, wie du heißt und vergessen, was du bist. Für gewöhnlich geschieht nachts nicht viel, alles liegt im Dunkeln und bleibt verborgen. Du musst dich auf die Suche machen. Wie du mir den Tag gebracht hast, so musst du Licht ins Dunkel bringen. Unsere Welt ist so groß, es gibt so viele verschiedene Sinnzusammenhänge. Mache dich auf den Weg, finde deinen Sinn. Finde heraus, zu welcher Wortfamilie du gehörst. Denn ohne Familie und ohne Sinn in deinem Leben bist du Nichts. Solltest du bei Nacht auch schlafen, vergiss mich trotzdem nicht. Du hast uns als Freunde gewonnen und wer könnte dir ein besserer Begleiter sein als Tag und Nacht? Wir stehen in deiner Schuld und solltest du uns irgendwann einmal brauchen, sei dir unserer Hilfe gewiss."

Unser Wort ahnte nicht, dass es genau dies tun würde. Es war gerührt. Das Einzige, was ihm noch in den Sinn kam, war:

„Danke, ich danke euch."

Dann drehte es dem Tag und der Nacht den Rücken zu, ein komischer Gedanke, dachte es, und machte sich auf den Weg. Die Nacht hatte Recht, es musste herausfinden, was es vergessen hatte, was sein Sinn war, nur wo sollte es danach suchen …?

Unser Wort war in dieser Nacht nicht das einzige Wesen gewesen, das nicht geschlafen hatte. In einem ganz anderen Teil der Welt der Sprache, in einem anderen Sinnzusammenhang stehend, hatten zwei Wesen Witterung aufgenommen, ihr neues Opfer zu jagen. Dieses Opfer war ein Wort ohne jegliche Bedeutung.

Drei

Eine Teeparty

Zwei Tage und zwei Nächte war es nun schon wieder her, dass unser Wort aus allen Wolken gefallen war. In der ganzen Zeit hatte es nur auf dem Boden herumgelegen, sich von Sonnenstrahlen wärmen und von Windböen kühlen lassen. Was es die ganze Zeit über nicht getan hatte, war das Essen und Trinken.

Unser Wort hatte sich immer weiter von dem Feld entfernt, auf dem es gelandet war, und war Richtung Wald unterwegs gewesen. Als es nun den Waldrand erreichte, überkam es ihn. Sein Magen verkrampfte sich und fing an zu stöhnen. Unser Wort war unglaublich hungrig. Noch viel schlimmer wurde es, als die Luft plötzlich anfing, nach köstlichem Kräutertee zu duften. Ob Einbildung oder nicht, unser Wort konnte jedenfalls nicht widerstehen und folgte dem so einladenden Duft.

Es kam zu einer Lichtung, blieb hinter einem Baum verborgen und beobachtete aus der Entfernung:

Auf der Lichtung war ein runder Tisch zu sehen. Auf einer weißen Tischdecke stand feinstes Porzellanservice. Es war für drei Personen gedeckt. Drei kleine h's waren um den Tisch gestellt worden. Sie sahen wie Stühle aus und erfüllten doch tatsächlich den gleichen Dienst, denn auf einem von ihnen saß ein Esel.

Der Esel war recht breit und ziemlich grau mit langen Ohren. Er bewegte sich nicht. Fast hätte man meinen können, er schlafe, doch waren seine Augen geöffnet. Ein ums andere Mal schlug er mit seinem Schwanz nach einer Fliege, die anscheinend auch von dem Teegeruch angezogen wurde, der in Form von weißem Dampf aus einem großen silbernen Teekessel emporstieg.

Neben dem Teekessel lag ein ebenso silbernes Tablett. Man konnte aber im Moment nicht sehen, wie schön seine Farbe war, denn es wurde von einem Haufen köstlich aussehender Schokoladenplätzchen völlig ausgefüllt. Hinter dem Baum stehend lief unserem Wort das Wasser im Mund zusammen. Es hatte einen solchen Hunger. Der Esel sah nicht besonders gefährlich aus und so ließ unser Wort es auf einen Versuch ankommen. Es trat aus seinem Versteck hervor und ging auf den Esel zu.

Genau in diesem Moment, als unser Wort schon das Wörtchen ergreifen wollte, wurde ein lautes „Ahhaaaaaaaaa, Ahhaaaaaaaaa!!!“ geschrien. Wie Tarzan kam ein Wort aus den Bäumen gesprungen. Es rollte sich auf dem Boden ab und schlug als Zugabe noch fünf weitere Purzelbäume, bis es vor unserem Wort zum Liegen kam. Augenblicklich stand es auf und verbeugte sich. Der Fremde trug einen feinen schwarzen Anzug, den er schnell im Verbeugen auszog und unter dem sich ein zweiter feiner Anzug verbarg, dieses Mal ein weißer. Den alten Anzug schleuderte er davon.

„Es ist mir eine Freude Sie kennen zu lernen. Darf ich mich Ihnen vorstellen?“

„Es ist auch mir eine Freude. Natürlich dürfen Sie das“, sprach unser Wort, das den eigentümlichen Auftritt des Fremden ignorierte.

Das Wort nahm darauf unser Wort an die Hand und zog es zu einem der drei kleinen h’s.

„Aber setzen Sie sich doch, es ist alles vorbereitet, wir wollten gerade mit dem Spiel beginnen.“

Unser Wort wusste nicht, wie ihm geschah. An dem schönen Tisch sitzend, fragte es:

„Wollten Sie sich nicht vorstellen?"

Der Esel saß ihm gegenüber und hatte noch kein weiteres Lebenszeichen von sich gegeben. Der Fremde schaute unser Wort von der anderen Seite des Tisches aus an.

„Nein, ich hatte nie vor, mich Ihnen vorzustellen."

„Sie haben mich doch gerade noch gefragt, ob Sie sich vorstellen dürfen."

„Ja, es ist ja schön, dass ich mich vorstellen darf, doch sich vorstellen wollen ist eine ganz andere Sache, die ich mir bei Ihnen, seien Sie mir nicht böse, ganz und gar nicht vorstellen kann."

Unser Wort war verwirrt. Oder war es vielleicht das andere Wort, was verwirrt war? Es wusste keine Antwort, dachte sich aber, dass es vielleicht mit dem Hunger zusammenhing, dass es nicht so recht wusste, was eigentlich vor sich ging.

„Darf ich mir ein Plätzchen nehmen? Die sehen richtig lecker aus", fragte unser Wort deshalb.

„Ein Plätzchen? Sie wollen sich ein Plätzchen nehmen. Das ist doch unerhört. Ich habe Ihnen doch gerade ein Plätzchen angeboten! Wieso fragen Sie jetzt nach einem Plätzchen?", fragte das fremde Wort empört.

„Entschuldigen Sie. Ich habe gar nicht mitbekommen, dass Sie mir bereits ein Plätzchen angeboten haben."

Es streckte sich und nahm sich eines der Schokoladenplätzchen. Das fremde Wort sprang auf.

„Wie können Sie es wagen? Da muss man doch zuerst mal fragen. Sie können sich doch nicht einfach unseren Kuchen nehmen. Das geht doch nicht!"

Er war außer sich vor Zorn. Unser Wort hatte vom Hunger gedrängt das Plätzchen bereits in den Mund gesteckt. Mit vollem Mund sagte es nun:

„Sie haben doch gerade gesagt, dass Sie mir schon längst ein Plätzchen angeboten hätten."

„Ja, na klar, ein Plätzchen, aber doch kein Stück Kuchen. Den mag ich doch selbst so gern. Ihr Plätzchen ist das h, auf dem Sie sitzen. Aber nun gut, jetzt ist es zu spät. Lassen Sie uns endlich spielen, wir wollten, wie gesagt, gerade anfangen."

Das fremde Wort setzte sich wieder auf sein Plätzchen, hatte sich anscheinend beruhigt und dachte nun angestrengt nach.

„Ich fange an, dann Sie, und dann wieder ich, alles klar?"

Unser Wort hatte mittlerweile sein Stück Kuchen aufgegessen.

„Und was ist mit dem Esel, wann kommt er an die Reihe?"

„Der Esel spielt nicht mit, der kann nicht einmal vernünftig sprechen, sagt immer nur i's und a's, ein schrecklicher Zeitgenosse. Nur wir beide spielen, immer abwechselnd."

Unser Wort verstand nicht.

„Wie kann es denn sein, dass Sie gerade anfangen wollten zu spielen, wenn Sie gar niemanden hatten, der mit Ihnen hätte spielen können?“

Das fremde Wort schnappte sich den Teekessel, goss unserem Wort und sich selbst ein, schlürfte den Tee genüsslich aus und blickte es darauf eindringlich an. Das eine Auge war dabei weiter aufgerissen als das andere. Er grinste.

„Ein ganz schlaues Kerlchen, was? Aber woher wissen Sie denn, dass ich nicht schon genau wusste, dass Sie herkommen würden, um mit uns zu spielen? Sie sind doch hier. Sie spielen doch mit uns. Ich fange an!“, schrie es jetzt und unser Wort hatte ein wenig Angst. Sein Gegenüber schien wirklich unberechenbar zu sein.

Er schnappte sich den Teekessel und drehte ihn einmal im Kreis. Dabei lief der ganze Tee über seinen weißen Anzug, was er aber ignorierte. Er blickte den Teekessel an und schien in Gedanken versunken. Dann schmiss er ihn plötzlich in die Luft und schrie:

„Ich hab's!“

Der Teekessel landete mit einem Rums auf dem Tisch. Das Porzellanservice des Esels zerbrach, was der Esel aber mit keiner Veränderung seiner Mimik kommentierte. Stattdessen schlug er weiter mit seinem Schwanz nach der Fliege. Unserem Wort tat es um das schöne Service Leid, doch traute es sich nicht, etwas zu sagen. Das fremde Wort sprach euphorisch:

„Mein Teekesselchen gibt es mal links und mal rechts.“

Zum Glück kannte unser Wort das Spiel. Der eine Spieler überlegt sich einen mehrdeutigen Begriff und bezeichnet ihn als Teekesselchen. Nach und nach beschreibt er ihn, so dass der andere Spieler den Begriff erraten kann. Hoffentlich regte sich das fremde Wort nicht wieder so auf, denn bisher hatte unser Wort keine Ahnung. Was gab es mal links und mal rechts? Jetzt kam die zweite Bedeutung dran. Das fremde Wort sagte:

„Mein Teekesselchen ist meist blütenweiß."

Er machte weiter:

„Auf meinem Teekesselchen liegt man, wenn man schläft."

Unser Wort dachte scharf nach. Den Begriff gibt es mal links und mal rechts, und man schläft drauf. Wo schlief es denn drauf? Gestern schlief unser Wort noch auf dem Feld. Gibt es ein Feld mal links und mal rechts? Ja, das passte, beim Fußball gab es ein linkes und ein rechtes Feld. Aber war das Feld blütenweiß? Nein, das konnte man nicht sagen. Es musste noch einen Hinweis hören.

„Auf meinem Teekesselchen leben wir."

Unser Wort hatte keine Ahnung. Auf was lebten sie, was obendrein noch blütenweiß war?

„Ich gebe auf. Ich weiß es nicht. Es tut mir Leid."

Das fremde Wort sprang schon wieder auf. Es machte einen Salto Totale auf seinem h und zog dabei seinen mit Tee besudelten Anzug aus. Zum Vorschein kam ein dritter Anzug, dieses Mal einer so schwarz wie die Nacht. Er schrie unserem Wort ins Gesicht:

„Verdammt noch mal, wie kann das sein, dass Sie noch immer nicht wissen, wovon ich rede?!"

Unser Wort versuchte ruhig zu bleiben.

„Ich weiß es halt nicht, aber bitte, sagen Sie es mir. Was ist es?"

„Es ist die Seite! In der Nacht schläft man mal auf der linken, dann wieder auf der rechten. Die Seite ist meist blütenweiß und wir, die Worte, leben auf ihr."

Unser Wort bekam Kopfschmerzen.

„Aber wir leben doch auf keiner Seite."

Das fremde Wort warf das kleine h, auf dem es saß, an die Seite und rollte sich Purzelbäume schlagend um den Tisch. Sein Anzug hatte daraufhin überall grüne Grasflecke. Er setzte sich wieder und schrie:

„Natürlich tun wir das!"

Seine Stimme hatte sich jetzt komisch verzerrt.

„Es sind die Menschen, die Menschen, die uns schreiben, die sich uns ausdenken. Es sind die Menschen. Sie schreiben uns auf weiße Blätter, auf Seiten, auf Buchseiten. Sie schreiben uns und wir leben. Wir leben auf ihren Seiten, in ihrer Fantasie. Es sind die Menschen! Sie schreiben uns. Auf Seiten, auf Buchseiten."

Das Wort verzog das Gesicht, als es sprach, warf das kleine h schon wieder um und sprang dieses Mal im Hopserlauf um den Tisch, den Anzug ausziehend, einen neuen blütenweißen Anzug präsentierend. Er setzte sich wieder und hatte sich anscheinend unter Kontrolle.

„Sie sind dran", sprach er mit ruhiger Stimme.

Unser Wort wusste nicht, wie ihm geschah. Was erzählte dieses merkwürdige Wort da bloß? Konnte es ihm glauben? Aber dass Menschen Worte schrieben, auf Seiten schrieben, war für ihn undenkbar. Das Wort musste verrückt sein. Besser war es wohl, mitzuspielen. Es wusste ja schließlich nicht, wie sein Gegenüber reagieren würde, bräche er das Spiel ab. Also dachte er eine Weile über sein Teekesselchen nach. Das blaue Muster des Services betrachtend, hatte es einen Einfall.

„Mein Teekesselchen ist feucht."

Das fremde Wort fing an, seine Hände hin und her zu bewegen, als wollte er jedes einzelne Wörtchen unseres Wortes auffangen. Unser Wort machte weiter:

„Mein Teekesselchen ist salzig."

Das fremde Wort sprang auf und schrie:

„Salzig, Ihr Teekesselchen ist Salzig! Ich habe gewonnen!"

Der Fremde freute sich ungeheuerlich über seinen Sieg. Das Teekesselchen unseres Wortes war natürlich nicht „Salzig". Eigentlich hatte es den See gemeint. Der See war feucht und die See war salzig. Dies verschwieg es aber dem Verrückten. Sollte er ruhig glauben, gewonnen zu haben, dann war er zumindest glücklich und tat unserem Wort nichts an. Das Wort hüpfte vor Freude, nahm den Schwanz des Esels und schlug ihm damit auf den Kopf, worauf der Esel aus seiner Trance erwachte und ihm ins Gesicht schaute. Das Wort schrie:

„Ich hab gewonnen, ich hab gewonnen. Du dummer Esel, ich hab gewonnen."

Er packte den Esel am Revers und schüttelte ihn kräftig.

„Ich hab gewonnen!"

Dann setzte er sich wieder und war ruhig. Der Esel machte es sich bequem, schaute langsam seinen Freund an und blickte dann auf unser Wort, was eingeschüchtert ein weiteres Plätzchen, oder Stück Kuchen, wie immer man es auch bezeichnen durfte, aß. Dann sprach der Esel stockend:

„I, a, Esel. I, a, dran?"

Das Wort blickte nun den Esel an und sagte freundlich:

„Ja, Esel, du bist an der Reihe. Sag uns dein Teekesselchen."

Von der plötzlichen Freundlichkeit des Wortes dazu ermutigt, fragte unser Wort:

„Haben Sie nicht gerade noch gesagt, dass der Esel nicht mit uns spielt, weil er immer nur i's und a's von sich gibt?"

Das komische Wort sprang auf.

„Verdammt noch mal, müssen Sie sich denn dauernd einmischen? Ich habe gesagt, dass der Esel im Meer nur i's und a's von sich gibt. Wenn ich Sie ins Meer schmeißen würde, schrieen sie auch ‚i' und ‚a'. Also lassen Sie ihn doch das ein oder andere Mal ‚i' und ‚a' sagen, aber hören Sie ihm trotzdem zu! Er ist dran."

Hätte ich doch besser nichts gesagt, dachte unser Wort. Der Esel sprach, von den ständigen Streitigkeiten ungerührt:

„Mein Teekesselchen ist hochinteressant. Sie müssen ganz genau aufpassen, um die beiden sich gleichenden Begriffe zu erraten, denn obwohl sie gleich scheinen, sind sie doch grundverschieden. Sind Sie bereit dazu?"

Unser Wort war von der plötzlichen Redegewandtheit des Esels beeindruckt.

„Wir sind bereit", gaben beide Worte kleinlaut Antwort.

Der Esel schaute stur und ein wenig einfältig wirkend auf unser Wort, doch sprach er mit seinen wendigen Lippen glasklar:

„Mein Teekesselchen kommt von mir."

Dann drehte er seinen Kopf langsam und blickte seinen Freund an.

„Mein Teekesselchen kommt von mir."

Es waren also zwei unterschiedliche Begriffe, die aber eine gemeinsame Eigenschaft hatten. Sie kamen anscheinend vom Esel, was immer das auch heißen mochte. Der Esel drehte seinen Kopf erneut und sprach zu unserem Wort:

„Mein Teekesselchen sollte eigentlich nicht von mir kommen."

Der Esel drehte sich und sprach zu seinem Freund:

„Mein Teekesselchen schaltet Hindernisse aus."

Unser Wort überlegte. Waren es vielleicht seine Hinterbeine, die von ihm kamen und Hindernisse ausschalteten? Er musste noch ein wenig weiterhören. Der Esel sprach zu unserem Wort:

„Mein Teekesselchen ruft Erinnerungen wach."

Der Esel ließ sich in seiner Monotonie nicht stoppen.
„Mein Teekesselchen führt in andere Gefilde."
„Mein Teekesselchen ist ein guter Spruch."
„Mein Teekesselchen verbindet."
Sein Freund sprang auf und riss sich seinen Anzug vom Leib.
„Ich hab's!"
Unser Wort schaute ihn überrascht an. Der Esel schien nicht besonders beeindruckt.
„Nun, was ist es?", fragte er.
Das Wort kletterte auf den Tisch und stand nun auf der weißen Tischdecke inmitten des kaputten Service und zeigte triumphierend auf den Esel.
„Die Brücke. Hah!"
Der Esel zeigte sich noch immer unbeeindruckt.
„Sie haben Recht. Können Sie auch eine Begründung abgeben?"
Das Wort sprang vom Tisch hinunter, wühlte einmal im Dreck und setzte sich wieder auf sein kleines h.
„Nein, das kann ich nicht. Nein, das will ich nicht. Nein. Nein. Nein. Es ist die Brücke. Ich weiß es. Kein Beweis, nein!"
Als hätte der Esel dies schon erwartet, sprach er:
„Gut, dann werde ich den Beweis führen. Ich beweise ihre Vermutung durch das Bestätigen der Bedingungen, die von mir im Vorfeld aufgestellt wurden."
Man, drückt der sich kompliziert aus, dachte unser Wort, doch hörte es genau zu. Warum war die Lösung eine Brücke?
„Um völlige Eindeutigkeit zu erreichen spreche ich im Folgenden von Brücke Nr. 1 und Brücke Nr. 2. Wie ich Ihnen beiden bereits mitteilte, kommt mein Teekesselchen von mir, die Brücke Nr. 1 kommt also von mir. Brücke Nr. 1 geht

auf mich, den Esel zurück. Esel weigern sich normalerweise beharrlich, auch kleinste Wasserläufe zu durchwaten. Daher baute man oft kleine Brücken, um mit uns Lasttieren doch das Ziel zu erreichen. Eine Eselsbrücke ist also ein kleiner Umweg, der ans Ziel führt. Der Begriff Eselsbrücke hat also ihren Ursprung beim Esel selbst, sie kommt von mir.

Kommen wir nun zur Brücke Nr. 2. Brücke Nr. 2 kommt ebenfalls von mir. Ich habe sie gebaut, sie steht ein Stückchen weiter, gleich hinter dem Wald.

Weiterhin sollte Brücke Nr. 1 eigentlich nicht von mir kommen. Bei einer Eselsbrücke handelt es sich oft um einen leicht einprägsamen Satz, der sich manchmal sogar reimt. Man sollte eigentlich von einer Fuchsbrücke sprechen, da es sich um eine clevere Merkhilfe und nicht um etwas Dummes, Störrisches handelt, mit dem man im Allgemeinen mich, das Wort Esel, verbindet. Dennoch kommt die Brücke nicht vom Fuchs, sondern von mir.

Brücke Nr. 2 schaltet Hindernisse aus. Na klar, denn Hindernisse liegen meist unter der Brücke, wie es auch bei meiner der Fall ist.

Brücke Nr. 1 ruft Erinnerungen wach. Das Gedächtnis ist assoziativ aufgebaut. Das Erlernen von Faktenwissen ohne inneren oder logischen Zusammenhang fällt deshalb oft schwer. Etwas, das man nicht verstanden hat, kann man sich nur schwer merken. Eine Eselsbrücke unterstützt das akustische Gedächtnis und nutzt es zur Erinnerung an die eigentlichen Fakten.

Brücke Nr. 2 führt in andere Gefilde. Meine Brücke führt in einen Teil unserer Welt, in der ganz andere Dinge passieren als hier. Dies ist übrigens an recht vielen Orten so. Nur an den wenigsten Orten sitzen zwei Worte in einem Wald, trinken Tee, hören sich die Belehrungen eines Esels an und spielen Teekesselchen.

Brücke Nr. 1 ist ein guter Spruch. Wahrscheinlich wollen Sie nun einen guten Merkspruch hören. Sagen wir es so. Ich kann mir merken, dass Brücke Nr. 1 vor Brücke Nr. 2 kommt, da doch die Zahl 1 recht dünn ist, wenn man sie mit der recht breiten Zahl 2 vergleicht. Dünne Zahlen kommen immer schnell nach vorn, weil sie sich durch die Massen hindurch quetschen können. Breite Zahlen können dies nicht, und stehen somit hinter den dünnen Zahlen. Verstehen Sie?"

Den beiden Worten brummte der Kopf, doch wollte und wollte der Esel nicht aufhören. Das Wörtchen „Störrisch" wurde von diesem Esel in allen Ehren gehalten.

„Zu guter Letzt, meine Herren, verbindet Brücke Nr. 2. Dies gab wohl den Ausschlag dafür, dass Sie das Rätsel gelöst haben. Ich gratuliere Ihnen und schließe hiermit den Beweis ab. Quod erat demonstrandum. Dies ist lateinisch und heißt soviel wie: Was zu zeigen war."

Esels Freund sprang auf das kleine h und drehte sich anerkennend applaudierend in alle Richtungen.

„Hervorragend. Absolut hervorragend. Ein wunderbarer Vortrag. Ich selbst hätte ihn nicht besser halten können. Sehr gute Haltungsnoten. Von der ersten Sekunde an bis zum Ende keine Bewegung, kein Zeichen von Schwäche, bis zuletzt eindringlicher Blickkontakt. Bravo! Bravo!"

Der Esel war wieder verstummt, schlief anscheinend mit offenen Augen, nach Fliegen schlagend. Sein Freund setzte sich wieder und bot unserem Wort ein Stück Kuchen an, so, als wäre nie eine Argumentation über den Kuchen ausgebrochen. Unser Wort lehnte dankend ab, es hatte bereits den größten Teil der Plätzchen aufgegessen und war pappsatt. Das merkwürdige Wort ergriff wieder das Wörtchen.

„Kommen wir nun zu dem ernsteren Teil dieses Tages."

Er zog seinen blütenweißen Anzug aus und offenbarte einen weiteren schwarzen Anzug.

„Wir alle haben uns hier zusammengefunden, um in einer ernsthaften Angelegenheit miteinander zu sprechen."

Unser Wort wusste nicht, wovon er sprach, doch hörte es zu, denn so langsam fing es an, seine verrückte Art zu mögen.

„Wir haben uns hier zusammengefunden, um über das Problem zu sprechen."

„Welches Problem?", fragte unser Wort.

„Über Ihr Problem", gab er Antwort.

„Esel und ich beobachten Sie jetzt schon seit geraumer Zeit. Sie zu beobachten, war schrecklich, denn wir haben eine schreckliche Beobachtung gemacht."

Unser Wort konnte nicht glauben, von diesen beiden unbemerkt beobachtet worden zu sein, schließlich war es unser Wort, das Esel aus der Entfernung von den Bäumen aus gesehen hatte, nicht andersherum.

„Sie haben mich beobachtet?", fragte es.

„Nur zu Ihrem eigenen Schutz, versteht sich. Verstehen Sie uns nicht falsch. Wir sind keine Verbrecher, keine herumirrenden Irren. Wir sind lediglich interessiert, interessiert an den Dingen, die um unseren Wald herum geschehen. Sie fielen uns dabei auf."

Unser Wort war jetzt schon ganz neugierig.

„Ja dann sagen Sie doch endlich, was ist denn los? Was ist denn so auffällig an mir?"

„OK, gerade heraus, ich möchte es nicht mehr vor Ihnen verbergen."

Das Wort schaute unserem Wort ganz tief in die Augen und sagte dann:

„Aber setzen Sie sich doch lieber, es könnte unangenehm für Sie sein."

Unser Wort schaute dem Wort genauso tief in die Augen und sagte dann trocken:

„Ich sitze bereits."

Das Wort grinste.

„Sie, mein Lieber, Sie werden verfolgt."

Das Wort sprang auf den Tisch und schrie:

„Verfolgt! Sie werden verfolgt! Verfoooolgt! Verfolgt! Hüten Sie sich! Denn Sie werden verfolgt!"

Das Wort setzte sich wieder und war ruhig.

„Von wem soll ich denn bitte schön verfolgt werden?", fragte unser Wort so, als würde es dem Gastgeber absolut gar nichts mehr glauben.

„Raten Sie."

„Warum soll ich raten, ist es ein Teekesselchen?"

„Wie kommen Sie denn auf den Mist, Sie werden doch nicht von einem Teekesselchen verfolgt. Aber raten Sie, es ist nämlich ein Teekesselchen."

Also doch ein Teekesselchen, dachte unser Wort.

„Na dann, fangen Sie mal an."

Das fremde Wort schnappte sich erneut den Teekessel, schaute ihn fasziniert an und sagte dann:

„Mein Teekesselchen hängt auf. Mein Teekesselchen verfolgt. Mein Teekesselchen quetscht ein. Mein Teekesselchen vernichtet! Mein Teekesselchen!"

Er sprang auf, riss seine Arme in die Luft und schrie:

„Sie verfolgen uns! Sie verfolgen Sie, sie verfolgen mich! Sie kommen!"

Das Wort rannte nun von Baum zu Baum. Es tauchte auf einem Ast auf, verschwand dann wieder und tauchte hinter dem nächsten Baumstamm auf. Es stotterte, wimmerte nun fast:

„Sie verfolgen uns. Sie sind ganz nah."

Jetzt hatte unser Wort die Nase voll.

„Reißen Sie sich zusammen, Mann! Wer soll uns verfolgen?"

Das Wort kam ganz dicht an das Gesicht unseres Wortes und stotterte:

„Klamm…, Klamm…, Aus…, Klamm…“

Unser Wort schüttelte ihn.

„Wer? Jetzt sagen Sie schon!“

Das Wort schrie mit großen, wilden Augen, panisch:

„Die Klammern!“

Dann setzte er sich wieder und war ruhig. Unser Wort schaute das seltsame Wort eindringlich an und fragte:

„Wer sind sie?“

„Ich darf mich Ihnen also vorstellen? Ich komme aus einer stolzen Familie. Mein Vater heißt Aufrücken, meine Mutter Plattdrücken. Sie wollten eigentlich ein Verrücken bekommen, doch der liebe Gott hat ihnen einen Strich durch die Rechnung gemacht, so bekamen sie mich.“

Er streckte unserem Wort die Hand aus, die es daraufhin schüttelte.

„Angenehm, mein Name ist Verrückt.“

Unser Wort musste schmunzeln, so langsam ergab alles einen Sinn.

„Nett, dich kennenzulernen, Verrückt. Doch wollte ich eigentlich wissen, wer diese Klammern sind, von denen du mir erzählt hast.“

Verrückt wollte gerade aufspringen, doch hatte unser Wort geistesanwesend ihn an der Hand festgehalten, die es noch immer schüttelte.

„Klamm…, Klamm…, Klammern“, stotterte Verrückt.

Dann setzte es sich wieder. Unser Wort ließ seine Hand los.

„Klammern verfolgen Worte, die unserer Welt nichts mehr nützen. Es sind schreckliche Monster, die nichts vom Wort übriglassen, haben sie einmal ihr Opfer gefunden. Aber die kriegen mich nicht. Ich bin viel zu clever für die. Nur weil ich Verrückt bin, wollen die mich auslöschen, aber die kriegen mich nicht. Ich hab was im Kopf und damit schalt ich die aus. Ich bin viel zu clever für die. Nur weil ich Verrückt bin, die kriegen mich nicht."

Das Wort fing an, sich zu wiederholen.

„Aber woher weißt du, dass die Klammern dich verfolgen?", fragte unser Wort.

Verrückt schaute es eindringlich an.

„Glauben Sie mir. Wenn Sie von Klammern verfolgt werden, finden Sie das schnell genug heraus. Sie stellen dich. Wenn Sie in der Situation nicht die richtigen Freunde haben oder sich nicht umstellen können, sind Sie verloren. Ich war in so einer Situation. Doch hatte ich meinen guten alten Freund hier. Esel hat mich gerettet."

„Wie das?", fragte unser Wort.

„Er hat sie mit einer komplizierten Brücke verwirrt. Er fragte sie, ob sie wirklich zu einhundert Prozent sicher wären, ich sei Verrückt. Sie antworteten, dass sie sich ziemlich sicher seien, nicht aber zu einhundert Prozent sicher. Der Esel schlug ihnen Folgendes vor: Es wäre recht gewöhnlich, wenn die Klammern mich, Verrückt, jetzt erwischen würden, es wäre schon fast normal, da doch die Klammern immer ihre Opfer kriegen. Der einhundert Prozent Beweis – der Esel liebt Beweise – wäre es doch, wenn sie mich nicht kriegen würden, denn dies wäre doch alles andere als normal, es wäre geradezu verrückt, womit sie sicher wären, nicht den Falschen verfolgt zu haben. Die Klammern fanden seine Argumentation einleuchtend, ließen mich darauf laufen und ich entwischte ihnen."

Unser Wort nickte.

„Natürlich, dann wissen sie jetzt, dass du Verrückt bist, und verfolgen dich wahrscheinlich gnadenlos."

„Genau", sagte Verrückt.

Unser Wort machte sich Sorgen.

„Aber wie kommst du auf die Idee, dass ich verfolgt werde?“, fragte es.

Verrückt antwortete:

„Erstens sehen Sie genau aus wie ein Wort, das verfolgt wird. Sie rennen in irgendwelchen Wäldern herum und wissen überhaupt nicht, was Sie da eigentlich treiben. Wer braucht schon so ein Wort? Klammern lieben Worte wie Sie. Und zweitens sitzt da hinten etwas im Busch und beobachtet uns.“

Verrückt sprang wie von der Tarantel gestochen auf, stieß nicht nur sein kleines h um, sondern alle h's, wodurch unser Wort, er selbst und Esel auf dem Boden landeten, zappelte wie verrückt und schrie:

„Klammern, Klammern, die Klammern greifen an!“

Der Esel stand langsam wieder auf, stellte das kleine h zurecht und machte es sich erneut bequem. Verrückt robbte in Richtung Busch, aus dem jetzt auch unser Wort zwei Knopfaugen lugen sah. Verrückt war jetzt schon ganz nah am Busch, stand plötzlich auf und schrie so laut er konnte:

„Komm raus und zeig dich! Ich will meinen Feind sehen!“

Der Busch erzitterte, es hörte sich sogar so an, als wimmerte er. Ein kleines Geschöpf krabbelte aus dem Busch hervor und streckte die winzigen Ärmchen in Ergebung um Vergebung bittend in die Höhe.

„Du bist keine Klammer“, stellte Verrückt nüchtern fest, kam zurück, nahm sich eines der kleinen h's und setzte sich wieder.

Unser Wort lag noch immer am Boden und schaute auf das kleine Wort, das da aus dem Busch getreten kam. Es kannte es …

Vier

Der Absturz

Das kleine Wort war aus dem Busch getreten, hatte seine beiden kurzen Ärmchen gen Himmel gestreckt und wollte anscheinend keinen Ärger machen. Als es unser Wort nun sah, schauten die beiden Knopfaugen verlegen drein.

Es hatte ein Füßlein übers andere geschlagen und schien unentschlossen, was als Nächstes zu tun sei, doch dann senkte es langsam die Arme und rannte mit kleinen Schritten auf unser Wort zu, das bereits wieder aufgestanden war. Im richtigen Augenblick streckte es seine Ärmchen zu einer Umarmung aus und klammerte sich, so fest es konnte, was nicht gerade sehr fest war, aber immer noch fest genug, sich sicher festzuhalten und jegliches Abschütteln zu einem schwierigen Unterfangen werden zu lassen, an eins der Beine unseres Wortes, ja, eben fest.

Unser Wort wusste nicht, wie ihm geschah. Es schaute an sich hinab und mitten hinein in das kleine Gesicht, das ihn erwartungsfroh anblickte.

„Verrückt, Esel! Kommt her! Bitte! Bitte! Was ist hier los?“, stammelte unser Wort wie eines, das sich in einer Situation wiederfand, in der es sich nicht im Geringsten im Klaren darüber war, was von ihm erwartet wurde, denn genau so ein Wort war unser Wort in dieser Situation jetzt.

Verrückt sprang von seinem h auf. Er schlenderte zu unserem Wort und dem kleinen Ding, das sich noch immer festklammerte. Verrückt blieb stehen, blickte eindringlich und rieb sich die Hände. Dann griff er in die Jackettasche und holte ein Monokel hervor. Die Linse klemmte er zwischen Augenbraue und Wange, was ihm einen Hauch von Würde und Intellekt verlieh.

„Was haben wir denn hier?“, murmelte er in den freien Raum hinein.

Verrückt umrundete unser Wort, blickte dann mal von links, dann wieder von rechts auf das kleine Wort, das keine Äuglein für Verrückt hatte, sondern nach wie vor unserem Wort mitten ins Gesicht strahlte.

„Na, was haben wir denn hier?“, wiederholte Verrückt und rückte sein Monokel zurecht.

„Ah, ja, das ist ja hochinteressant, mhh“, brummte er vor sich hin.

Jetzt wurde es unserem Wort zu bunt.

„Na sag schon, Verrückt, was soll ich machen?“

Verrückt starrte noch immer auf das kleine Wort, steckte die Linse wieder in seine Tasche zurück und sagte dann:

„Keine Ahnung, aber fragen Sie ihn doch am besten selbst.“

Bevor unser Wort etwas sagen konnte, ließ sich das kleine Wort plötzlich fallen. Sofort traten die beiden ein paar Schritte zurück und beobachteten, was geschah.

Die Knopfaugen blickten unser Wort verschüchtert an. Dann legte es sich plötzlich auf den Boden und machte sich ganz flach. Es lag da auf dem Bauch und vergrub sein Gesicht in der Wiese. Es vergrub sein Gesicht natürlich nicht wirklich in der Wiese, doch machte es den Eindruck, als wollte es dies wirklich tun, stünden ihm nur Schüppe und Spaten zur Verfügung. So machte es sich doch tatsächlich so flach, dass es aussah, als läge da ein Blatt Papier auf dem Boden und irgendwie tat es das auch.

Jetzt wusste Verrückt genau, was zu tun war.

„Hah, hab ich es mir doch gleich gedacht", rief er laut aus, setzte zum Sprung an, um mit zwei hintereinander folgenden Purzelbäumen die beiden Schritte, die er zuvor zurückgewichen war, wieder wett zu machen. Beim letzten Purzelbaum schnappte er sich gekonnt den Artikel, der da rund und flach wie ein Klecks in Mitten der Wiese lag, sprang auf und wedelte mit ihm siegessicher in der Luft umher.

„Hab ihn!", verkündete er triumphierend.

Unser Wort musste lachen. Wie konnte dieser verrückte Kerl immer wieder für solche Aktionen gut sein? Da schlägt er zwei Purzelbäume, nur um dieses Ding da aufzuheben, aber was war es, das er da in Händen hielt?

„Was hast du da?", fragte unser Wort, das nicht so genau wusste, über was er sich mehr wundern sollte, über das kleine Wort in Händen von Verrück, oder über dessen Akrobatikkünste.

Verrückt drehte sich um und rief:

„Esel, komm her, du fauler Hund, du magst Erklärungen doch so gern."

Der Esel gähnte lang und ausgiebig, trottete dann aber doch zu Verrückt. Er griff sich den Artikel, schaute eine Weile darauf, blickte wieder auf und sprach dann:

„Dieser Artikel ...", bis er von Verrückt unterbrochen wurde.

„Klappe halten und zuhören, ich erkläre."

Der Esel hielt seine Klappe. Verrückt schnappte sich den Artikel und fing an zu erklären:

„Warum ich die Erklärung abliefern möchte, wird sich in Kürze selbst erklären, drum fange ich einfach mal an. Der Artikel, so wie ich ihn hier in meinen Händen halte", Verrückt schwenkte ihn hin und her, „kommt in einer ungeheuren Anzahl vor. Es gibt tausende Artikel in unserer Welt, doch trifft man auf sie nur äußerst selten und wenn doch, dann meist in jungen Jahren. Artikel gibt es genauso häufig wie es auch große Worte gibt und, wie wir alle wissen, gibt es verdammt viele große Worte. Sogar hier auf unserer Lichtung gibt es sie. Esel“, Verrückt schaute ihn respektvoll an, „du bist ein großes Wort. Tisch“, Verrückt drehte sich um und schaute den Tisch respektvoll an, „du bist ein großes Wort. Und Sie“, jetzt schaute er unser Wort an und grinste mit Respekt, „auch Sie scheinen ein großes Wort zu sein.“

Unser Wort hörte genau zu, als Verrückt weitersprach:

„Zu jedem großen Wort auf dieser Welt gibt es also genau einen Artikel, der zu ihm passt. Im Laufe des Lebens ist es dann so, dass Artikel und Wort aufeinandertreffen. Für gewöhnlich geschieht dies sehr früh im Leben, da ein Artikel sich bei seiner Entstehung sofort auf den Weg macht, sein großes Wort zu finden. Es ist nämlich so, dass ein Artikel allein bedeutungslos ist. Es gibt so viele von ihnen und, na ja, sie werden schlichtweg nicht gebraucht. Sinn machen Artikel erst in der Symbiose mit dem großen Wort, das ihnen Sinn gibt. Jedes Wort in der Welt der Sprache hat seinen eigenen Sinn und so suchen auch diese kleinen Kerle hier schnell ihren Platz im Leben, ihren Platz an der Seite eines großen Wortes. Das große Wort im Gegenzug wird in der Symbiose mit seinem Artikel komplett, es bekommt ein Genus, ein Geschlecht, eine Identität. Dieses Ereignis geht meist mit einem großen Fest einher. Das große Wort wird mündig, darauf kann es stolz sein, so die Tradition.“

„Hast du einen Artikel?“, fragte unser Wort jetzt.

„Nein, einen Artikel habe ich nicht, ich bin kein großes Wort“, gab Verrückt Antwort.

„Was bist du dann?“

„Ich bin Verrückt, das ist alles, was ich bin und damit bin ich verdammt zufrieden“, antwortete er kurz angebunden und ergänzte dann schnell:

„Was aber jetzt viel wichtiger ist, wir haben hier Ihren Artikel wiedergefunden, es muss Ihrer sein, Sie müssen ein großes Wort sein, alles andere wäre Quatsch."

Unser Wort verstand nicht.

„Wieso soll es mein Artikel sein?"

„Es muss Ihrer sein, er hat Sie verfolgt, ist auf Sie zugelaufen, hat sich an Ihr Bein geklammert. Es muss Ihrer sein. Aber was mich wundert ist, dass sie sich erst jetzt begegnen."

Der Esel schaltete sich ein.

„Das haben Sie schön erklärt, Verrückt. Ich weiß, dass Sie immer gern ein großes Wort sein wollten, ein Wort mit Artikel, mit einem Begleiter durchs Leben, aber bisher haben wir zwei das doch immer gut hinbekommen."

Verrückt holte sein Monokel heraus, setzte es ein und vergoss Tränen, bis es ganz beschlagen war, dann steckte er es wieder ein. Der Esel fuhr fort, blickte jetzt aber nicht auf Verrückt, sondern auf unser Wort.

„Ob Sie ein großes Wort sind, lässt sich jetzt noch nicht genau feststellen. Lassen Sie uns keine voreiligen Schlüsse ziehen, dafür bleibt später noch genügend Zeit. Wir sollten erst sicher gehen."

Verrückt grinste.

„Ich bin mir sicher, dass Esel schon längst eine Möglichkeit gefunden hat zu beweisen, dass Sie ein großes Wort sind. Ist es nicht so, Esel, na sag schon."

„Na ja, sagt Ihnen die Eid-Zeremonie etwas?", fragte der Esel in die Runde.

Für einen Augenblick wurde es unserem Wort warm ums Herz, dann erstarb das Gefühl wieder. Die Eid-Zeremonie, eigentlich hatte es keine Ahnung, was dies zu bedeuten hatte.

Verrückt war aus dem Häuschen. Er fing an, im Kreis um den Tisch zu laufen, hämmerte mit seinen Fäusten gegen den Brustkorb und rief:

„Schwört euch den Eid! Schwört euch den Eid! Schwört euch den Eid!“

Es bereitete ihm offensichtlich einen riesigen Spaß. Dann verstummte er, blieb stehen, schaute unser Wort an, um dann mit tiefer, sonorer Stimme zu sprechen:

„Die Eid-Zeremonie.“

Der Esel rückte sich ein kleines h zurecht und nahm Platz. Dieses Mal schien er aber nicht einzudösen, er war Gast einer Eid-Zeremonie und wollte dieser den angemessenen Respekt zollen.

Verrückt wollte bei diesem besonderen Ereignis seinen besten Anzug anziehen. Er wusste mittlerweile nicht mehr, ob er gerade einen weißen oder schwarzen Anzug trug, so riss er sich den jetzigen vom Leib, sodass wirklich sein letzter Anzug zum Vorschein kam, ob weiß oder schwarz, es war auf jeden Fall sein bester. Verrückt sprach:

„Artikel, Wort, stellen Sie sich doch bitte in einer Reihe auf und wohlgemerkt, stellen Sie sich gegenüber auf. Schauen Sie sich gegenseitig an, besser noch in die Augen.“

Der flache Artikel in Verrückts Händen verformte sich wieder, bis die kleine runde Kugel vor ihm in der Luft zappelte. Verrückt stellte ihn schnell auf den Boden und der Artikel watschelte zu unserem Wort, welches gespannt war auf die Dinge, die da kämen.

Der Artikel hakte sich bei unserem Wort gekonnt ein und ging mit ihm an eine Stelle der Lichtung, auf der Esel eine besonders gute Sicht auf das Schauspiel hatte. Der Artikel löste seinen Griff und stand unserem Wort nun genau gegenüber.

Unser Wort musste seinen Blick nach unten richten, um dem kleinen Artikel, der da vor ihm stand, in die Augen schauen zu können. Seine Knopfaugen schauten unser Wort erwartungsfroh an.

Es war still. Verrückt war im Begriff, mit der Zeremonie zu beginnen. Esel saß auf seinem kleinen h und wagte es nicht einmal, mit dem Schwanz die Fliege zu vertreiben, die schon wieder den selbigen als Landebahn gebrauchte. Der Teekessel lag mit dem Service auf dem Tisch. Er dampfte nicht mehr, das Aroma von Kräutern war in der Luft verflogen. Dann sprach Verrückt:

„Wir haben uns heute hier versammelt, um diese beiden Worte in den Bund tiefster Freundschaft zu führen. Es ist ein glorreicher Tag, für die beiden Worte, für mich, für uns alle, und überhaupt. Wollen wir also mit dem Festakt beginnen. Meine Damen und Herren, ich bitte um Ihre Aufmerksamkeit. Der Artikel hat mit aller Kraft nach vorne zu treten."

Er trat wie ihm geheißen, was unser Wort mächtig schmerzte, doch sagte es nichts. Verrückt musste zwar lachen, doch lachte er lieber nicht, der Anlass war zu bedeutend. Er schaute stattdessen unserem Wort ins Gesicht.

„Wort, schwörst du, dieses in deine Obhut gegebene Wort in guten wie in bösen Tagen und Nächten zu halten, so antworte nun mit: Ja, ich halte mein Wort."

Unser Wort überlegte kurz, antwortete aber dann, als es die jetzt schon so vertraut wirkenden kleinen Knopfaugen des Artikels vor sich sah:

„Ja, ich halte mein Wort."

Verrückt sprach weiter:

„Und du, Artikel, willst du von diesem Wort gehalten werden", er deutete dabei auf unser Wort, „wie in guten Tagen so auch in guten Nächten, wie in bösen Tagen so auch in bösen Nächten, so antworte nun mit: Ja, ich will gehalten werden."

Der Artikel machte sich ganz schnell ganz flach. Verrückt beugte sich nach vorn und sah auf dem Artikel die Wörtchen *„Ja, ich will gehalten werden"* aufleuchten. Der Artikel wurde wieder zur runden Kugel und blickte vergnügt auf unser Wort.

Verrückt schien mit sich selbst zufrieden, schaute feierlich in die Runde und sagte:

„Dann erkläre ich euch nun kraft mir mit Recht verliehenen Amtes für offiziell vereidigt."

Just in diesem Moment wurde der Artikel flach wie ein Blatt Papier und sollte es auch für eine ganze Weile bleiben. Auf dem Papier war ein Wort ganz deutlich zu lesen. *„DIE"* stand da in Großbuchstaben geschrieben. Die Vereidigung war gelungen.

Unser Wort wusste nicht, wie es sich jetzt zu verhalten hatte.

„War es das?", fragte es.

Esel applaudierte.

„Ja, das war es", sagte er, kam zu unserem Wort und schüttelte seine Hand.

„Herzlichen Glückwunsch. Diese Zeremonie war der Beweis, es ist wirklich Ihr Artikel. Er hätte sich Ihnen sonst nie so offenbaren können. Der Artikel Die gehört zu Ihnen und damit wissen Sie, dass Sie ein großes Wort sind und noch dazu ein weibliches."

Unser Wort wusste natürlich nicht, dass sie die Eid-Zeremonie schon früher gefeiert hatte, damals, als sie noch bei ihrer Familie gewesen war. Beim Sturz musste sie den Artikel verloren haben. Es war auch der Sturz, der ihre Erinnerung daran ausgelöscht hatte, aber dennoch hatte sie es irgendwie gespürt. Sie hatte den Artikel schon vorher gekannt, doch wusste unser Wort mit diesem Gefühl nichts anzufangen. Nun schaute sie auf den flachen Artikel, der nur wenige Meter von ihr entfernt auf dem Boden lag und las mit glücklichen Augen das Wörtchen, das auf ihm aufglühte:

„DIE"

Sie bückte sich, hob ihren Artikel auf, faltete ihn einmal in der Mitte und verstaute ihn sicher an ihrem Körper. Sie hatte unter Eid geschworen, ihr Wort zu halten und genau das würde sie auch tun. Der Artikel hatte ihr Hoffnung gegeben. Unser Wort war ihrem Sinn einen entscheidenden Schritt näher gekommen. Sie wusste nun, dass sie ein großes, weibliches Wort war, und mit dieser Erkenntnis war es nun auch anderen Worten möglich, sie als Mädchen zu erkennen. Auch wenn sie noch immer so viele Dinge nicht wusste, fühlte es sich so viel besser an weiblich zu sein als ein Garnichts zu sein.

Verrückt riss unser Wort aus ihren Gedanken. Er redete nicht mehr mit der tiefen, feierlichen Stimme, er redete „normal".

„Das war's. Lasst uns uns setzen und ein bisschen ausruhen. Gucken Sie, Esel döst auch schon wieder."

Verrückt und unser Wort setzten sich auf die h's. Sie konnte nicht entspannen. Seit ihrem Unfall waren so viele Dinge passiert. Sie hatte ihre Identität verloren, war gerade wieder mit ihrem Artikel vereidigt worden und saß hier nun mit einem Esel und einem Verrückt. Sie hatte das Gefühl, dass sie, wenn sie nicht gut aufpasste, selbst noch verrückt würde. Sie wollte unbedingt wissen, was geschehen war, woher sie kam, warum alles so endete, wie es endete, und am wichtigsten, sie wollte endlich wissen, was ihre Bedeutung war. Doch konnte sie das doch nicht herausfinden, indem sie hier untätig herumsaß, sie musste etwas unternehmen.

„Esel, Verrückt!", sagte sie bestimmt.

Verrückt wackelte ziemlich merkwürdig mit seinem Kopf und sah dabei erstaunt aus. Der Esel öffnete seine Augen.

„Sagt mir, was ich tun soll. Wohin soll ich gehen?"

Verrückt wackelte noch immer mit dem Kopf. Der Esel sprach:

„Kind, Sie müssen dorthin gehen, wohin Sie meinen, gehen zu wollen."

Unser Wort schaute ihn verständnislos an.

„Aber ich weiß doch nicht, wohin ich gehen möchte. Ich weiß nur, dass ich meinen Sinn wiederfinden muss."

„Mmhhh, das ist schwer. Es gibt im Leben viele Wege, die Sinn machen, doch den Weg zu finden, der Ihnen Sinn gibt, ist schwer."

Unser Wort war verzweifelt.

„Und was soll ich dann jetzt tun?"

Bisher war der Esel immer sehr träge gewesen. Dies änderte sich nicht, aber er stand nun mit seinem massigen Körper auf, um langsam in Richtung der Bäume zu trotten. Er stoppte kurz, drehte seinen Kopf und sprach:

„Kommt, ich will euch etwas zeigen."

Unser Wort folgte ihm. Verrückt kam langsam mit dem Kopf wackelnd hinterher. Beide folgten dem Esel durch den Wald. Dichtes Gestrüpp versperrte ihnen hier und da den Weg, doch mit der Zeit lichtete sich das Buschwerk, bis sie auf einer kahlen Wiese standen. Ein Rauschen hing in der Luft. Der Esel überquerte die Grünfläche und kam vor einem tiefen Abgrund zum Stehen. Unser Wort konnte seinen Augen kaum trauen.

„Was ist das um Gottes Willen?"

Der Esel drehte sich gleichmütig zu den beiden um. Verrückt hatte aufgehört mit dem Kopf zu wackeln. Er hatte diesen Ort schon so viele Male gesehen, doch versetzte ihn der Anblick immer wieder in tiefes Erstaunen.

„Esels Brücke", hauchte er fassungslos.

Vor unserem Wort ragte sie in die Lüfte. Eine riesige hölzerne Brücke verband diese Seite mit einer anderen Seite, jenseits des Abgrundes, doch reichte die Brücke so weit, dass man das Jenseits von hier aus nicht erblicken konnte.

Zahllose Seile waren gespannt und stießen in den Boden, nur wenige Meter von unserem Wort entfernt, zeitlos verankert. Unter der gigantischen Brücke, tief im Abgrund, lag ein reißender Fluss. Doch lag er da nicht lange, da riesige Wassermengen ihn dauernd nach vorne zu peitschen schienen. Das Getöse grollte aus dem Abgrund. Esels Brücke zeigte sich unbeeindruckt, regungslos, wie ein Fels in der Brandung. Der Esel sprach:

„Das ist sie. Sie wollte ich euch zeigen. Meine Brücke."

Unser Wort richtete sich an den Esel.

„Sie ist wirklich beeindruckend. Hast du sie ganz allein gebaut?"

Der Esel schmunzelte.

„Sagen wir es mal so. Esel stehen zu Brücken in einer ganz besonderen Beziehung."

Nun ruhte Esels Blick ausschließlich auf unserem Wort. Esel duzte sie nun sogar.

„Du hast gefragt, wo du hinzugehen hast, um deinen Sinn wiederzufinden. Du hast richtig erkannt, dass du hier nicht mehr bleiben kannst. Verlasse diesen Sinnzusammenhang. Überquere meine Brücke, suche deinen Weg. Ich weiß nicht, was dich auf der anderen Seite erwartet, ich für meinen Teil bin nie drüben gewesen, will es auch nicht, muss es auch nicht. Ich bin nur ein alter, störrischer Esel. Ich trinke gerne auf meiner Lichtung einen Schluck Tee und esse gerne ein Stück Kuchen. Ich spiele gerne Teekesselchen und wenn ich keine Lust dazu habe, döse ich vor mich hin. Ab und zu kommen ein paar Worte, die meine Brücke überqueren wollen, und das ist gut so. Das reicht mir an Sinn, ich brauche nicht mehr. Doch du musst gehen, denn hier wirst du deinen Sinn nicht finden. Suche andere Sinnzusammenhänge. Eins ist sicher, woanders wirst du etwas anderes entdecken, und das ist zumindest mehr, als es hier noch für dich zu entdecken gibt."

Mit großen Augen blickte Verrückt ihn von der Seite an.

Der Esel hatte Recht, das wusste unser Wort. Sie musste weiter, andernfalls würde sie nie herausfinden, welche Bedeutung sie hatte. Und wenn der Esel meinte, sie solle doch seine Brücke überqueren, sollte sie sie doch überqueren. Im Grunde spielte es doch eh keine Rolle, wohin sie gehen würde, jeder weitere Weg wäre ein Fortschritt gegenüber dem Hier und Jetzt.

„Danke, dass du mich deine Brücke überqueren lässt“, sprach sie zum Esel.

Der Esel nickte. Dann wandte sie sich Verrückt zu.

„Verrückt, es war mir eine Freude, dich kennengelernt zu haben.“

Sie schmunzelte und fügte noch hinzu:

„Mit dir wurde es zumindest nie langweilig.“

Verrückt schaute das Wort wohlwollend an.

„Sie werden ihren Sinn schon finden, da bin ich mir sicher. Jeder hat einen Sinn, selbst der Unsinn. Wissen Sie, sonst wäre ich doch nie aufgeschrieben worden. Sie können es mir glauben oder nicht, aber auch Sie wurden einst mal aufgeschrieben, oder werden sogar jetzt, in diesem Moment, gerade aufgeschrieben. Sie müssen also eine Bedeutung haben. Ob Sinn oder Unsinn, ob bedeutend oder unbedeutend, wer soll da entscheiden? Schauen Sie mich an. Ich liebe es, meine Anzüge 111 Mal am Tag zu wechseln, Purzelbäume zu schlagen und mit dem Kopf zu wackeln. Das bin ich. Solange ich überrasche, unterhalte, verblüffe, solange ich Fantasie habe, habe ich auch einen Sinn, so sehe ich das zumindest. Merken Sie sich das gut. Ohne Fantasie ist das meiste doch ziemlich langweilig, der normale Alltag, der sich ständig wiederholt. Für mich ist alles Gewöhnliche der größte Unsinn, das können Sie mir glauben.“

Verrückt umarmte unser Wort. Sie wusste nicht, was sie von diesem Kerl halten sollte. Die letzten Sätzchen kamen ihr schon wieder so merkwürdig vor. Verrückt redete schon seltsame Sachen, doch vielleicht sollte sie ihn ernster nehmen, als sie konnte. Vielleicht war er ja doch kein Spinner, vielleicht war er ja ein Fantast. Unser Wort bedankte sich noch einmal bei den beiden. Dann drehte sie ihnen den Rücken zu und setzte den Fuß auf Esels Brücke, die fest und sicher über den Abgrund führte.

Als unser Wort kaum noch zu erkennen war, sie sich ungefähr in der Mitte der Brücke befinden musste, zog Esel ein Kuchenmesser aus seiner Weste. Er trat zu zweien der im Boden verankerten Seile. Esel kannte seine Brücke gut und so wusste er ganz genau, welche Seile er zu kappen hatte. Drei Mal an den Seilen gesäbelt, rissen sie. Die Brücke fing an zu schlingern und brach nach einem kurzen Aufstöhnen des brechenden Holzes in sich zusammen. Ein Echo des Schreies unseres Wortes drang vom Abgrund hinauf, wurde aber bald vom Rauschen des Flusses übertönt. Esel und Verrückt schauten den Abgrund hinunter, wo immer noch einige Holzteile in der Tiefe verschwanden. Esels Blick war unbewegt und stur, leise sagte er:

„Viel Glück."

Die beiden Wesen hatten die Witterung nicht verloren. Sie rasten über das Feld, hielten kurz inne, um sicherzugehen, und rasten dann weiter auf einen Wald zu, in dessen Mitte eine Lichtung war. Der dort stehende Tisch war nicht gedeckt. Drei h's waren sauber und ordentlich um den Tisch herum aufgebaut. Von anderen Worten war keine Spur, doch hing der Geruch gleich mehrerer ihrer baldigen Opfer noch immer in der Luft. Es war ein sinnloser Geruch, der nur von Worten kommen konnte, die uneingeschränkt unbedeutend waren oder ihre Bedeutung schon lange Zeit verloren hatten. Die beiden Wesen hielten sich nicht länger auf. Sie hasteten weiter, durch Wald und Gestrüpp. Die Spur führte zu einer hölzernen Brücke, die groß und mächtig einen Abgrund überspannte. Hier trennten sich die Gerüche. Doch spürten die beiden Wesen ganz genau, dass eine Gruppe die Brücke überquert hatte. Sie reichten sich kurz die Hände, entschieden sich anscheinend, und hasteten los. Ohne Probleme überquerten sie den Abgrund.

Fünf

Im Sprachfluss

Unser Wort schrie laut und kräftig. An ihrem Leib sicher verstaut blieb ihr Artikel stumm, doch war seine Angst wohl genauso groß. Der Augenblick zog sich eine Ewigkeit hin. Esels Brücke war eingestürzt. Unser Wort hatte sich ungefähr in der Mitte der Brücke befunden, hatte langsam einen Fuß vor den anderen gesetzt, als die Brücke plötzlich angefangen hatte zu schaukeln. Sie hatte ihren Schritt beschleunigt, war auf die andere Seite des Abgrundes zugehastet, doch es war zu spät. Die Brücke war eingestürzt und mit ihr unser Wort. Sie konnte ihre eigenen Schreie nicht mehr hören, so laut war das Rauschen des Flusses, dessen Oberfläche mit riesigen Schritten näher kam. Sie wusste, dass der Aufprall sehr schmerzlich enden würde, wenn nicht sogar schlimmer.

Dann berührte sie etwas, das sich anders anfühlte als an ihr vorbeisausende Luft. Es war der Aufprall, der sie auffing und sacht in den Fluss plumpsen ließ. Es war so schnell gegangen, dass sie noch immer meinte, sie fiele, doch so war es nicht.

Ihre Ohren fühlten sich seltsam an. Eben noch waren sie vom Grölen und Rauschen des Flusses erfüllt gewesen, jetzt war es, als hätten sie noch nie etwas in ihrem Leben gehört. Es war still, so still, als hätte sich die Zeit rückwärts gewandt und wäre so lange gelaufen, bis sie den Punkt erreichte, an dem jedes Geräusch dieser Welt noch ein zukünftiges war, die Welt noch keine Laute kannte. So musste es gewesen sein, ganz am Anfang, am Anfang aller Zeit.

Unser Wort hatte ihre Augen geschlossen, doch war sie nicht von Dunkelheit umhüllt. Stattdessen blitzten da zahlreiche Formen vor ihrem inneren Auge auf. Als sie ihre Augen jetzt aufschlug, sah sie den Grund für das auf die Innenseite ihrer Augenlider projizierte Spektakel. Die Außenwelt hatte als Projektor gedient, der einen Abdruck seines eigenen Antlitzes auf unseres Wortes Augenlidern hinterließ.

Was unser Wort da sah, war Farbe, Farbe in all ihren Nuancen. Ein Bunt in Bunt hatte sich ihr offenbart. Das Bunt verlief in Schlieren vor ihren Augen, lang gezogene Fäden, die mal heller, dann wieder dunkler erstrahlten und von einer Farbe in die nächste übergingen. Diese Farbenpracht vor ihr aufglühen zu sehen war ein Fest für die Sinne, dessen einziger Gast der Sehsinn war, auch wenn sie sich in einem Fluss befand, es war wunderschön.

Was für ein merkwürdiger Fluss war dieser, in den sie da geraten war, dachte unser Wort. Er fühlte sich überhaupt nicht feucht an. Es war auch nicht besonders kalt, es war bunt und obwohl es hier so still war, hatte sie den Eindruck von ständiger Bewegung, als seien die farbigen Schlieren keine fest schwebenden Fäden, sondern Verzerrungen des Lichtes, die auftraten, da die Bewegungen der Wesen, die hier leben mussten, zu schnell waren, als dass man ihre eigentliche Gestalt hätte wahrnehmen können. So sah unser Wort nur das bunte Licht und fühlte, dass es eigentlich mehr zu sehen gäbe, würde die Welt nur ein bisschen langsamer ablaufen.

Unser Wort blickte nach oben und konnte an der Oberfläche ein schäumendes Weiß ausmachen. Aus Leibeskräften versuchte sie durch die bunten Schlieren nach oben zu tauchen, doch dies gelang ihr nicht. Stattdessen sank sie immer tiefer, langsam den Abgrund hinab. Je weiter sie sich von der Oberfläche des Flusses entfernte, desto dunkler wurde es.

Die helleren Schlieren verschwanden zusehends, vermischten sich so lange mit den dunkleren, kräftigen Farben, bis sie in ihnen völlig verschwommen waren.

Unser Wort konnte sich nicht bewegen, oder genauer, bewegte sich aus Leibeskräften, doch kam kein Stückchen voran, im Gegenteil, sie sank tiefer, Meter um Meter. Sie bekam es mit der Angst zu tun. Panisch versuchte sie wieder aufzutauchen, doch es gelang ihr nicht. Wann würde sie den Boden des Flusses erreichen?

Gab es hier überhaupt so etwas wie einen Boden? Sie war jetzt schon so lange gesunken, dass sie selbst dies in Frage stellte. Resignierend gab sie sich dem Sinken hin, sie strampelte nicht mehr, ergab sich ganz ihrem Schicksal.

Da erweckte etwas ihre Aufmerksamkeit. Einer der bunten Fäden um sie herum trat in ihr Blickfeld und unser Wort konnte nicht mehr wegschauen. Der bunte Faden hob sich von den anderen Fäden in seiner Umgebung ab. Er übertraf die anderen an Helligkeit und steigerte sich darin immer mehr, bis er unserem Wort näher zu kommen schien und schließlich hellblau vor ihr aufleuchtete. Doch da war es schon längst kein blauer Faden mehr, der vor ihr stand, es war ein eigentümlich dreinblickender Fisch, der so blau war wie ein türkisfarbenes Meer gewesen wäre, wäre es nicht türkisfarben, sondern blau gewesen.

Zwei Augen glubschten den ihren entgegen. Ohne ein Wörtchen zu sagen, schauten die beiden sich an. Der schmale Kopf des Fisches verriet nur einen Teil der Bläue, die der restliche Körper zur Schau stellte. Unter den Augen befand sich keine Nase, dafür war der Mund doppelt so stark ausgeprägt. Große, rote Lippen formten ein O und verliehen dem Fisch einen erstaunten Ausdruck.

Unser Wort wollte etwas sagen, doch kriegte sie beim Sprechen keine Töne heraus und wenn doch, dann wurden sie mit Sicherheit augenblicklich von den bunten Fäden um sie herum fortgerissen. Auch der Fisch sagte nichts, stattdessen reichte er ihr eine Flosse, die unser Wort zögerlich umschloss. Sein großer runder Mund zog sich zusammen und offenbarte ein Lächeln. Der Fisch schlug einmal kräftig mit seiner Schwanzflosse und schwamm mit unserem Wort an seiner Seite Richtung Oberfläche, die von so weit unten schon gar nicht mehr zu erkennen gewesen war.

Jetzt musste auch unser Wort lachen. Sie sauste mit hoher Geschwindigkeit durch den Fluss, durch die bunten Fäden, und merkte gar nicht, dass sie durch die Geschwindigkeit, mit der die beiden unterwegs waren, für einen Beobachter schon selbst wie ein bunter Faden ausgesehen hätte. Die Fäden um sie herum wurden wieder heller. Unser Wort blickte, noch immer von der Flosse des vor sich hin lachenden Fisches umschlossen, nach oben und konnte das schäumende Weiß der Oberfläche ausmachen. Sie strebten mit hohem Tempo darauf zu und durchbrachen es im nächsten Moment auch schon, um sich inmitten von Leben wiederzufinden.

Das Geräusch von tausend Worten erfüllte ihre Ohren. Überall schienen sie zu sein. Die Worte sprangen durch die Luft, schrieen und sangen, pfiffen, lachten und unterhielten sich. Von tausend Stimmen umgeben, die nur noch als Rauschen des Flusses wahrgenommen werden konnten, schien unserem Wort eine ganz besonders nah zu sein. Im Flug drehte sie ihren Kopf und sah mitten in die Glubschaugen des Fisches, mit dem sie durch die Luft flog. Er bewegte seine Lippen und tatsächlich, sie konnte ihn sprechen hören.

„Halt dich gut an mir fest, dann kann dir nichts passieren. Wir werden gleich wieder in den Fluss eintauchen, ich versuche beim nächsten Mal noch ein bisschen weiter zu springen, dann können wir uns besser unterhalten."

Er scheint zu wissen, wovon er da spricht, dachte unser Wort, als der Fisch und sie wieder in den Fluss eintauchten. Abermals breitete sich die Stille über die beiden aus, die jedes Geräusch verschluckte. Der Fluss war so hellbunt, dass es unser Wort fast blendete. Mit kräftigen Flossenschlägen nahm der Fisch an Geschwindigkeit zu, raste in Richtung Oberfläche und durchbrach sie mit einem gewaltigen Sprung. Von so weit oben hatte unser Wort einen fabelhaften Ausblick auf den Fluss und die zahlreichen Worte, die sich an seiner Oberfläche tummelten. Sie musste lachen. Zahllose Fische verschiedenster Art schwammen mit den unterschiedlichsten Worten durch den Fluss. Da waren Heringe, Aale, Goldfische und sogar Hammerhaie. Sie alle sprangen wild durcheinander, quatschten miteinander, kamen sich aber trotzdem nie in die Quere. Es war ein fabelhafter Anblick.

Beide, Fische und Worte, führten dabei die eigenartigsten Bewegungen aus. Ein Wort ganz in der Nähe unseres Wortes machte dauernd Kniebeugen. Ein anderer Fisch schlug zusammen mit seinem Wort während des Sprunges ein Rad. Das Lustige daran war: das Wort, welches das Rad schlug, war das Rad selbst. Da war eine ganze Gruppe gleich aussehender Worte mit gleich aussehenden Fischen, die miteinander tanzten und sich dabei in einem Mordstempo durch die Luft bewegten.

„Wenn wir so wie jetzt weiterlachen, sollte ich dich schon bald zum Ende des Flusses gebracht haben", sagte der Fisch mit einem breiten Lachen auf seinem Gesicht.

Unser Wort verstand nicht, musste aber grinsen.

„Was hat das denn damit zu tun?", fragte sie.

„Na ja", sagte der Fisch, „das Lachen ist meine Bewegung. Wenn du mit mir vorankommen willst, bleibt uns nichts anderes übrig als zu lachen."

„Was für ein Wort bist du denn?", fragte unser Wort ihn.

„Ich bin kein Wort", sagte der Fisch mit einem Schmunzeln auf seinem Gesicht.

„Natürlich bist du ein Wort. Unsere ganze Welt besteht aus Worten, du musst ein Wort sein", gab unser Wort zurück.

„Ich bin aber keins."

„Na, was sollst du denn dann sein?", fragte sie.

Mit einem heftigen Klatschen tauchten die beiden wieder in den Fluss, doch der Fisch brauchte nicht lange, um wieder zum Sprung anzusetzen, so durchbrachen sie erneut die Oberfläche.

„Ich bin ein Tuwort", sprach der Fisch.

„Na siehst du, dann bist du ja doch ein Wort", sagte unser Wort nun energisch, wovon sich der Fisch aber nicht im Geringsten beeindrucken ließ.

„Nein, ich bin kein Wort, ich bin ein Tuwort."

„Und wo soll da der Unterschied sein?", fragte sie jetzt.

„Na ja“, gab der Fisch Antwort, „Tuworte gibt es ja eigentlich gar nicht.“

„Was soll das schon wieder heißen?“

Unserem Wort war das Lachen vergangen, wodurch sie nur langsam vorankamen, der Fisch schmunzelte aber noch immer. Er holte tief Luft, als ob er so einiges zu sagen hatte, und sprach dann:

„Alle Fische, die du hier siehst, sind Tuworte. Siehst du, wie sie sich bewegen? Sie helfen den Worten, die in den Sprachfluss geraten sind, sich fortzubewegen. Der Sprachfluss besteht nicht aus Wasser, er besteht aus uns Tuworten, oder zumindest würde er ohne uns nicht fließen. Wir sind aber dem Wasser ganz ähnlich. Wir lassen uns wie Wasser formen und können euch Worte tragen, wie man auch schwimmend durchs Wasser getragen werden kann. Komm, ich zeig dir etwas.“

Der Fisch tauchte in den Fluss ein und deutete mit seinen Flossen auf die leuchtend bunten Fäden, die überall im Fluss zu sein schienen. Dann setzte er wieder zum Sprung an.

„Die bunten Fäden sind Tuworte, die mit ihren Worten durch den Fluss schwimmen. Jedes Tuwort bewegt sich anders. Sie sind so schnell, dass man sie da unten kaum sehen kann. Wir beide machen das genauso. Damit wir vorankommen, müssen wir halt lachen.“

Unser Wort musste schmunzeln.

„Du meinst also, dass jedes Wort hier im Sprachfluss nur durch Tuworte vorankommt?“

Der Fisch nickte.

„Nicht nur hier im Sprachfluss, überall auf der Welt.“

Unser Wort war erstaunt.

„Aber warum habe ich dann noch nie zuvor einen von euch gesehen?“

Die beiden tauchten kurz ab und durchbrachen dann erneut die Flussoberfläche. Der Fisch sagte:

„Wir umgeben euch ständig, doch sind wir nicht. Wir machen euch Bewegung möglich, wie Luft euch atmen lässt. Aber wir existieren nicht wirklich."

Unser Wort fragte weiter:

„Aber wieso sehe ich dich dann, wenn es dich nicht gibt?"

Der Fisch tauchte ab und kam wieder zum Vorschein, unser Wort an seiner Seite.

„Der Sprachfluss, alle Fische in ihm, alle Worte, die von den Fischen bewegt werden, entsprechen den ungefähr sechshunderttausend unterschiedlichen Worten, die es in unserer Welt gibt. Der Sprachfluss ist eine Entsprechung, eine Art Metapher, die dir das Verstehen ermöglicht. Der Sprachfluss wurde erschaffen, um dir zu erklären, wie ein Teil deiner Welt funktioniert. Du solltest begreifen."

„Wer?", fragte sie. „Wer wollte, dass ich begreife?"

„Das wirst du selbst herausfinden."

Unser Wort wusste nicht, ob sie begriff, staunte oder einer Geschichte lauschte, jedenfalls musste sie lachen. Sie lachte gut und ausgiebig, es war ein wohliges Lachen. Mit riesigen Sprüngen bewegten sie sich voran. Wäre da jetzt ein Wort gewesen, ohne Bewegung im Flusse versinkend, hätte dieses unser Wort wohl nur als bunten Faden wahrgenommen, der sich bald in Nichts auflöste, so schnell waren der Fisch und sie unterwegs. Immer, wenn sie zum Sprung ansetzten, wehte der Wind durch ihr Gesicht, sie fühlte sich so lebendig, so wach wie niemals zuvor. Dann sprach der Fisch:

„Mach dich bereit, bald sind wir am Ziel."

Unser Wort hatte bisher die Reise durch den Sprachfluss so sehr genossen, dass sie sich gar keine Gedanken darüber gemacht hatte, wohin es eigentlich ging.

„Was ist unser Ziel?", fragte sie jetzt.

Der Fisch schaute sie mit seinen Glubschaugen und den zu einem Lachen geformten enormen Lippen an.

„Wir schwimmen zum Staudamm."

Bevor unser Wort weiterfragen konnte, schrie der Fisch euphorisch: „Stadt in Sicht!"

Nun sah es auch unser Wort. Spitze Nadeln stachen in den Himmel. Je näher sie der Stadt kamen, desto breiter wurden die Nadeln, es waren graue Gebäude, die sich dicht an dicht drängten und hoch in die Wolken reichten, Wolkenkratzer.

Die Geschwindigkeit der beiden ließ nicht nach, als sie schon die gigantische Mauer vor sich auftauchen sahen. Dann kamen sie abrupt zum Stehen. Eigentlich kam alles um sie herum zum Stehen. Fische standen dicht an dicht mit Worten, die aufgehört hatten, lustige Bewegungen zu veranstalten, stattdessen standen sie alle vor der Mauer und wurden immer dichter an sie gedrängt, denn von hinten kamen immer mehr Worte nach.

„Endstation", sprach der Fisch zu unserem Wort. Sein Mund war nicht mehr zu einem Schmunzeln geformt, das O, was die Lippen formten, war zurückgekehrt. Auch unser Wort lachte nicht mehr, sie schaute den Fisch nur fragend an.

„Wo sind wir?"

Der Fisch antwortete:

„Wir haben den Staudamm erreicht. Hier endet unser Fluss. Ich werde dich verlassen und umkehren."

„Aber wie komme ich dann voran?"

Noch einmal flackerte ein Schmunzeln über das Gesicht des Fisches.

„Vergiss nicht, dass der Sprachfluss ein Gleichnis war. Auch wenn du ihn verlässt, umgeben dich die Tuworte noch immer.

Mit jedem Schritt, den du tust, fällst du eine Entscheidung, denn gleichzeitig schließt du die unendlich vielen anderen Möglichkeiten aus, die du auch hättest tun können. Das Geheimnis ist es, sich zu entscheiden, und mit jeder Entscheidung, die du in deinem Leben triffst, kommst du auch einen Schritt voran."

Unser Wort hoffte, dass sie die richtigen Schritte gehen mochte.

„Wohin wollen die ganzen Worte?", fragte sie.

Zahllose Worte sprangen bereits aus dem Sprachfluss auf die Mauer. Sie alle strömten in Richtung grauer Türme.

„Sie gehen dorthin, wo die Sprache fließt. Inmitten der Türme liegt ein Amphitheater. Die Worte sind zu diesem unterwegs, unterwegs zu den Wortspielen."

Unser Wort wusste nicht, was sie sagen sollte, drum sagte sie:

„Und du bleibst hier?"

Der Fisch nickte.

„Mein Sinnzusammenhang endet hier. Hinter der Stadt liegt mehr, doch ich gehör da nicht hin. Nur hier mache ich Sinn."

Unser Wort verstand.

„Danke für deine Hilfe", sagte sie noch.

Der Fisch hatte sich schon abgewendet und drängte sich in die entgegengesetzte Richtung durch die zahlreichen Worte, die immer noch darauf warteten, endlich die Mauer betreten zu können, als er sich doch noch einmal umdrehte und ihr zurief:

„Du bist im Sprachfluss nicht untergegangen, lass dich also auch da unten nicht unterkriegen, hörst du?"

Mit einem Lachen auf seinem Gesicht war der blaue Fisch verschwunden. Sie würde es zumindest versuchen, dachte sie, zog sich die Mauer hinauf und wagte einen Blick auf die Stadt. Der Anblick ließ sie erstarren.

Sechs

Sprachen

Unser Wort stand auf der oberen Plattform des Staudamms und konnte ihren Augen nicht trauen.

Die Stadt breitete sich groß und grau wie ein Teppich über das Land aus. Es war keiner von diesen fein bearbeiteten, bis zur Perfektion geknüpften orientalischen Teppichen, den sie da sah, stattdessen erschien die Stadt wie ein staubiger Fußabtreter, lieblos vor die Tür in die Kälte der Nacht geworfen, wobei es hier aber nicht kalt war, sondern brütend heiß. Ein wirres Wegenetz, was keinen Sinn zu machen schien, sondern das einst an mehreren Stellen begonnen worden war und sich jetzt selbst durchkreuzte, trennte Viertel von Viertel. Am Horizont hing feiner Staub, der aus riesigen Schornsteinen aufstieg – es war kein schöner Anblick.

Der Grund, warum es unserem Wort aber den Atem verschlug, war ein ganz anderer. Sie hatte ja bereits gedacht, die Anzahl der Worte, die sich von den Fischen durch den Fluss hatten tragen lassen, sei enorm gewesen, doch fehlte ihr dann das Wörtchen, welches die Masse beschreiben konnte, die sie jetzt vor sich sah. Es ergoss sich ein Strom von Worten über das Tal, in dem die Stadt eingenistet lag. Sie schwappten von allen Seiten auf sie hinab. Der Strom schien unter der starken Sonneneinstrahlung zu flirren, aber vielleicht war es auch der Feinstaub, der von den Dächern aufstieg und in der Sonne flimmerte. Auch vom Staudamm her strömten die Worte auf das Zentrum der Stadt zu und es wurden immer mehr, da mehr und mehr Worte aus dem Fluss auf den Staudamm gelangten.

Nun muss man sich fragen, was da im Zentrum der Stadt sein mochte, dass so viele Worte willens waren, dorthin zu gelangen, und dieselbe Frage stellte sich natürlich auch unser Wort, denn sie sah den Grund nicht. Nach dem, was der Fisch gesagt hatte, erwartete sie ein riesiges Amphitheater, zweifelte sie auch daran, dass ein solches überhaupt gebaut werden konnte. Aber es musste sich doch in der Stadt finden lassen, denn irgendwohin strömen mussten die Worte ja. Doch da war kein Theater, zumindest konnte sie von ihrem Platz aus keines erblicken, und der Platz war geradezu perfekt um große Gebäude erspähen zu können, sie hatte eine hervorragende Aussicht. Die Wortmassen bündelten sich in einem Punkt, in dessen Mitte ein weißer Kreis lag, von welchem sie verschluckt wurden. Es musste ein Loch sein, in dem sie verschwanden, etwas anderes war nicht denkbar, ein weißes Loch, das sich in der Mitte der Stadt befand und alles, was sich in seinem Umfeld nur rührte, in sich hineinsog und verschluckte, ja, so musste es sein.

Unser Wort wurde an die Seite geschubst.

„Pass doch auf!“, schrie ein brutal aussehender Ochse mit einem dicken Goldring in der Nase. „Steh da nicht so blöd rum, du hältst den ganzen Verkehr auf!“, rief er unserem Wort noch entgegen, bevor er von der großen Masse davongetragen wurde, die jetzt auch unser Wort erfasste und mit sich riss.

Die Worte schubsten und drängelten und tauschten dabei Flüche gegeneinander aus.

„Jetzt macht schon da vorne! Was dauert das denn so lange?“, rief ein Wort, das weiter hinten stehen musste.

„Reg dich nicht so auf, wir alle wollen vorankommen!“, rief ein spitzer Kaktus zurück, um den sich wegen seiner vielen Dornen nur wenige Worte drängten.

Ein Kran von weiter vorne drehte seinen langen Hals und rief:

„Ruhe bewahren, Worte, es geht jetzt nur zähfließend voran."

„Was ist denn los da vorne?", ertönte es von weiter hinten.

Der Kran mit dem langen Hals rief:

„Wir kommen gleich zu 'ner großen Kreuzung, die sind da mit Umlautarbeiten beschäftigt!"

Unser Wort war überwältigt von den vielen Eindrücken. Sich in der Masse fortbewegend, war sie eine breite Treppe hinabgestiegen, die vom Staudamm zur Stadt führte. Ihr Weg führte jetzt durch enge Gassen an kleinen Läden vorbei, in denen die unterschiedlichsten Dinge in kurioser Weise feilgeboten wurden. Sie bekam einen Stand zu sehen, der bis oben bepackt mit Putzutensilien war. Ein Klo thronte inmitten dieses Chaos und verkündete mit weit aufgerissenem Deckel:

„Ihr dachtet, ich sei bescheuert, drum scheuert mich bedächtig! Greift euch eine Tube nach Wunsch und ich garantiere euch, ihr kriegt mich sauber und wenn ihr mich sauber kriegt, dann kriegt ihr alles sauber. Ihr dachtet, ich sei bescheuert, drum scheuert mich bedächtig!"

Ein anderer Laden war komplett weiß gestrichen, es gab keine Fenster, nur eine weiße Tür in der Mitte des Ladens, auf der sich zwei riesige Skalpelle überkreuzten. Über der Tür stand mit rot verlaufender Farbe geschrieben, jedenfalls hoffte unser Wort, dass es Farbe war:

„Müde Augen? Depressionen? Haben sie schon einmal über Tränensackschnippeleien nachgedacht? Tränensacks Schnippeleien, treten sie ein."

Als unser Wort den Spruch las, wurde die weiße Tür von einem traurig dreinblickenden Augapfel aufgestoßen. Sie erhaschte einen Blick ins Innere und wandte sich kreidebleich von dem Laden ab. Tränen schossen ihr in die Augen, die sie schnell in ihrem Tränensack verbarg, den sie Gott sei Dank noch besaß und den sie nach dem Anblick für nichts in der Welt abschnippeln zu lassen gedachte.

Langsam bewegte sie sich voran, bis sie die Kreuzung erreichte. Der Kran hatte Recht, ein langer Satz war dort mit dem Bau eines Umlauts beschäftigt. Der Umlaut hing in großer Höhe, der Satz musste sich strecken, um die passenden Buchstaben anzubringen. Um ihn herum standen genügend Buchstäbe, die ihn sicher abstützten. Unser Wort las:

„Willkommen in Sprachen, der Austragungsstatte der Wortspiele 2009!!!"

Der Satz hatte die beiden Ringe des Ä's um seinen Hals gehängt und versuchte in der Höhe, nun den ersten Ring wieder vom selbigen zu streifen, was ihm anscheinend Schwierigkeiten bereitete, denn die Buchstäbe hatten alle Hände voll zu tun, ihn im Gleichgewicht zu halten. So musste das „A" noch einige Zeit ohne seine Punkte auskommen, was aber nicht so schlimm war, denn Austragungsstatte war ja nur ein Wörtchen, was sich über solche Dinge wohl keine großen Gedanken machen konnte.

Ein Polizist in blauer Uniform regelte den Verkehr auf der Kreuzung. Mit graziösen Bewegungen drehte er sich mal nach links, dann wieder nach rechts und wies dabei die Wortmassen an stehen zu bleiben oder weiter zu drängeln. Er pfiff dabei mit seiner Trillerpfeife, die aber eher aus ästhetischen Gründen zum Einsatz kam, denn in dem Getöse um ihn herum ging ihr Geräusch völlig unter. Jetzt wies er die Massen aus der Richtung, aus der auch unser Wort kam, an weiterzugehen. Als die Kreuzung überwunden war, kamen sie schneller voran. Der kleine Kaktus, der noch eben neben unserem Wort gestanden hatte, hatte sich schon längst weiter nach vorne gekämpft. Unser Wort hatte diesbezüglich keine Ambitionen, sie blickte immer noch, einen Fuß vor den anderen setzend, in alle Richtungen und staunte über die Stadt Sprachen, mit all ihren merkwürdigen Bewohnern und Bauten. Im Vorbeigehen fiel ihr Blick auf eine Gestalt, die in einem glänzend goldenen Umhang am Wegesrand saß, und ahnte dabei nicht, dass es ein Gedicht war, das da saß. Ein elegant aussehender Stift ließ ein paar Taler in die Kappe fallen, die das Gedicht vor sich auf den Weg platziert hatte. Worte blieben plötzlich stehen und formten eine Traube um das Gedicht, welches aufgestanden war und seine Arme spreizte, wodurch der goldene Umhang noch stärker zur Geltung kam. Es blickte in die Luft, hatte seine Augen geschlossen und rief:

„Der Stift

Er zittert übers Blatt Papier.
Schreibt und schreibt. Um sein Leben.
Hält die Fantasie in Grenzen. Hält sie fest.
Und teilt sie auf.
In Wörtchen.

Jedes Wort steht geschwungen.
Von ihm beschwingt.
Auf Reisen geschickt.
Von Ort zu Ort.

Nimm mich mit.
Schreib mich auf.
Von Märchen umgeben.
Streck ich mich aus."

Dann setzte es sich wieder und verstummte. Einzelne Worte applaudierten verhalten, gingen dann aber doch zügig weiter. Langsam wurde es kühler. Wo die Luft gerade noch schwül auf den Wegen gestanden hatte, wehte sie nun und wurde zur kühlen Brise. Dem Treiben in der Stadt tat dies kein Abbruch, die Worte wuselten durcheinander, boten ihre Waren feil, doch strebte die Mehrzahl der Worte noch immer auf das Zentrum zu, das unser Wort soeben erreichte.

Das Zentrum von Sprachen lag ein wenig tiefer als der Rest der Stadt. Kurz bevor man mitten auf ihm stand, konnte man durch die höhere Lage der Wege einen guten Einblick gewinnen. Es bestand aus einem Platz, der einen Kreis aus Türen säumte. Der breit angelegte Kreis entstand dadurch, dass sich Tür an Tür reihte, aber jede in einem leichten Winkel zur benachbarten. Die Türen waren aus dunklem Stahl, der nicht verriet, was sich hinter ihm verbarg. Die Kreisfläche selbst bestand aus einer weißen Betondecke, die ebenfalls keinen Blick ins Innere ermöglichte. Dies war also das weiße Loch, das unser Wort vom Staudamm aus zu sehen geglaubt hatte. Der Platz war voll von Worten, die sich gegenseitig auf die Türen zuschoben.

„Was ist das?", fragte unser Wort ohne zu wissen, wer ihr zuhörte.

Doch da war jemand, der jedes Wörtchen ganz genau verstand, der, ohne dass sie es wusste, schon eine ganze Weile in ihrer Nähe gestanden hatte. Jetzt witterte er seine Chance.

„Was Ihr da seht, ist der Eingangsbereich zu den Wortspielen", flüsterte die Stimme.

Unser Wort drehte sich um und erschrak bei dem Anblick des grau-weiß gescheckten Karnickels. Sein Gesicht war gedrungen, so, als sei es aufgebläht oder vor Krankheit angeschwollen. Die weißen Flecken auf seinem Fell waren fast grau, sei es wegen des Feinstaubs in der Luft der Stadt oder weil sie wirklich grau waren. Was unseres Wortes Haut aber wirklich zur Gänsehaut werden ließ, waren die beiden roten Punkte, die Augen des Karnickels, die sie von oben bis unten musterten.

„Ihr seid nicht von hier", stellte die Stimme fest, ohne dass ein Anzeichen von Frage seiner Stimme beigemischt war.

„Nein, bin ich nicht."

„Seht Ihr die Wärter dort?", fragte er jetzt. Die roten Punkte wandten sich dabei nicht von ihr ab.

Sie drehte sich und schaute auf die Stahltüren, die weiter unten aufgereiht standen.

„Ja, ich sehe sie."

Vor den Türen standen große Worte, vor jeder Tür eins. Aus der Entfernung war es schwer zu erkennen, doch meinte sie ein Ross zu sehen und gleich daneben einen Riesen, der jedes Wort einzeln untersuchte, ihm darauf Eintritt gewährte oder es davonschickte.

„Die Wärter kontrollieren die Tickets. Worte, die kein Ticket besitzen, dürfen nicht hinein. Besitzt Ihr ein Ticket?", flüsterte die Stimme des Karnickels, die roten Punkte funkelten.

„Nein, ich habe keins", antwortete unser Wort wahrheitsgetreu. Das Karnickel verzog seinen Mund zu einem Grinsen, das lange, gelbe Zähne offenbarte.

„Heute ist Euer Glückstag, darf ich mich Euch vorstellen. Mein Name ist Scharls Lutwitsch Dodschon. Zufällig habe ich zwei Tickets für Euch", flüsterte er ihr zu und zog dabei zwei bedruckte Scheine aus seinem braunen Brustbeutel.

Unser Wort war verwundert. So einen komischen Namen hatte sie noch nie gehört. Wie sollte sie ihm die Tickets bezahlen? Sie hätte schon gern gesehen, was es mit den Wortspielen auf sich hatte.

„Ich habe kein Geld", sagte sie.

Das Karnickel musterte sie abermals von oben bis unten.

„Aber ich bitte Euch. Das Ticket ist ein Geschenk von mir. Begleitet mich zu den Wortspielen. Es wird ein Spaß."

Das Grinsen hatte sich abermals auf seinem Gesicht breit gemacht. Unser Wort errötete.

„Aber kann ich das annehmen?"

„Ihr könnt", flüsterte er ihr ins Ohr, als er sich bei ihr einhakte und auf den Platz drängte, wo sie in der Menge der Worte verschwanden.

Nach geraumer Zeit des Wartens waren sie endlich an der Reihe. Das Karnickel trat mit unserem Wort an seiner Seite auf die Eiche zu, die sich, den Worten den Weg versperrend, vor der Stahltür aufbäumte. Als sie dem Wärter die Tickets überreichten, sagte diese:

„Das Mädchen kann passieren.“ Ihre Stimme dröhnte von den Wipfeln ihrer Krone auf die beiden herab.

„Aber du.“

Sie ergriff mit einem Ast den Begleiter unseres Wortes und schüttelte ihn heftig. Als sie aber nichts Verdächtiges feststellen konnte, ließ sie auch ihn passieren. Die Stahltür schwang mit einem dumpfen Stöhnen auf und gewährte den beiden Einlass. Als sie eintraten, war es dunkel. Nur ab und zu fiel Licht durch die Türen, die sich mal hier, mal dort öffneten. Die Tür hinter ihnen fiel ins Schloss zurück.

„Komm“, flüsterte das Karnickel und zog unser Wort tiefer in die Dunkelheit.

Dann schlugen ihre Füße Alarm, denn sie fühlten unter sich keinen Boden mehr. Als das Signal von unserem Wort verstanden war, befand sie sich bereits im Fallen, das Karnickel immer noch eingehakt an ihrer Seite. Sie fielen lange, so kam es unserem Wort zumindest vor. Auch wenn es nur eine Minute war, oder vielleicht eine halbe, für ein Fallen war es lange, besonders weil sie nicht wusste, wie lange sie noch fallen würden. Dann war es vorbei. Sie waren durch die Schwärze eines Loches getaucht und fanden sich in einem silbern schimmernden Saal wieder. Es hatte keinen Aufprall gegeben, im Gegenteil, es war fast so, als wären sie in dem einen Moment noch gefallen und in dem nächsten standen sie schon in dem Saal, der sich lang vor ihnen auftat. Es war ein Tunnel, in dem sie sich befanden, der aber so breit war, dass er zunächst wie ein Saal gewirkt hatte. Worte tauchten um unser Wort herum auf, machten sich aber sofort auf, den Tunnel zu durchqueren. Es war angenehm hier zu stehen. Auf dem Platz oben im Zentrum der Stadt waren so viele Worte gewesen, es war so voll gewesen, dass man kaum hatte atmen können. Hier war es leer, vereinzelt tauchten immer wieder Worte auf, doch verlief sich die Menge in den Weiten des silbernen Tunnels.

„Kommt, wir gehen“, sprach die Stimme des Karnickels an ihrer Seite.

„Wohin gehen wir?“, fragte sie.

„Na, zu den Wortspielen“, antwortete er und zog sie mit sich.

Der Tunnel war verschlungener, als sie dachte, hier und da gab es kleine Abzweigungen, die vom Hauptgang abführten. Das Karnickel bestand darauf, diese zu nehmen.

Unser Wort hatte die Orientierung verloren, folgte ihrem Begleiter blind durch die Gänge. Immer weniger Worte liefen ihnen über den Weg, bis sie in einen Gang gerieten, in den sich kein Wort mehr verlaufen hatte. Das Karnickel blieb stehen, drehte sich zu ihr um und blickte mit den beiden roten Punkten auf unser Wort, die im schwachen Silberschein des Tunnels noch rötlicher funkelten.

„Was ist?“, fragte sie eingeschüchtert.

„Ich dachte nur“, das Karnickel verstummte.

„Was?“, fragte sie.

„Ihr seid schön“, flüsterte er ihr zu, „so schön.“

Unser Wort bekam es mit der Angst zu tun. Sie wich ihm aus.

„Wir drehen uns im Kreis, weißt du?“, sprach er.

Unser Wort trat einen Schritt nach hinten und stieß dabei gegen die kalte Wand des Tunnels. Das Karnickel kam ihr ganz nah.

„Silber spielt auf ihrer Haut. Ihr Mund ist meine Sehnsucht. Liebe. Oh, Wärme. So zarte Wangen, rund und weich. Locken fallen hinab. Ich fange sie auf. In meine Arme. Streichelten mich nur deine. Hände, so natürlich. Liebe.“ Seine Augen funkelten rot.

„Lass mich!“, rief sie und stieß ihn weg. Wie eine Katze, die mit einer Maus spielt, bevor sie diese fängt und frisst, spielte er nun mit ihr. Fanatisch flüsterte er:

„Ihr bin ich der Begleiter. Gefühle nicht erwidert. Ich sehne mich nach ihr. Glaube meine Lügen."

„Ich glaube dir gar nichts. Hilfe, Hilfe!", schrie sie, so laut sie konnte.

Das Karnickel ließ sich nicht abbringen.

„Es täte gut. So gut. Uns beiden. Ein bisschen Beisammensein. Ein Treffen. Und du wärst mein."

Die Augen des Karnickels weiteten sich. Ein Schlag traf ihn am Hinterkopf. Es sackte zusammen und blieb als Klumpen Fell am Boden liegen.

Der Riese hielt einen großen Knüppel in seinen Händen. Es hatte laut gescheppert, als er damit den Kopf des Karnickels traf, das jetzt bewusstlos am Boden lag. Er musste sich geduckt angeschlichen haben, gerade so groß, wie unser Wort selbst war, denn auch sie hatte ihn nicht kommen sehen. Im Moment des Schlages hatte er sich zur ganzen Größe aufgerichtet.

Groß und mächtig stand er da und überragte sie gut um das Dreifache.

„Mit so einem Gesindel darfst du dich nicht abgegeben", sagte eine Stimme, die nicht die des Riesen war.

Der Riese trat stumm zur Seite und offenbarte so den Blick auf ein Wort, das von einem lila glatt hinabfallenden Gewand umschlungen war. Es trug einen spitz zulaufenden Zylinder, der halb so groß war wie das Wort selbst. Aus einer schuppigen, grünen Schnauze kamen unserem Wort seine Wörtchen entgegen:

„Kennst du den Namen des Hasen?", fragte die Echse, die mehr Gewand als Echse war.

Unser Wort war noch viel zu verdattert um einen klaren Gedanken fassen zu können. Sie ließ sich langsam auf den Boden sinken, lehnte sich mit einem tiefen Seufzer gegen die kalte Wand des Tunnels und stotterte:

„Scharls Lu…, Lewis …, Lutwidsch Dodschon, oder so ähnlich“, musste dabei aber die Tränen hinunterschlucken.

„Hah, dass ich nicht lache“, sprach die Echse. „Hat er das gesagt?“

„Ja“, sagte unser Wort.

„Charles Lutwidge Dodgson war ein berühmter Gladiator, ein großer Geschichtenerzähler. Er hat einmal die Geschichte von Alice im Wunderland erzählt. Mit dem Karnickel hat er überhaupt nichts gemein.“

Unser Wort verstand nicht, wovon er da sprach.

„Der Hase heißt Gier“, sagte die Echse nun, „du kannst dir denken, was das heißt.“

Unser Wort konnte es sich nicht nur denken, sie hatte es am eigenen Leib erfahren. Was hätte er wohl mit ihr gemacht, wäre der Wärter ihr nicht zu Hilfe geeilt? Nie wieder würde sie einem Wort so schnell ihr Vertrauen schenken.

„Ich möchte mich bei dir entschuldigen“, sprach die Echse.

„Eigentlich müssten wir ja dafür sorgen, dass solche Worte hier keinen Zutritt haben, aber du hast das Chaos draußen selbst miterlebt, da passieren Fehler.“

Unser Wort schaute ihn traurig an.

„Oh ja“, sagte sie, „die passieren, ich hätte nie mit ihm mitgehen dürfen.“

Die Echse versuchte sie zu trösten.

„Jetzt ist es ja überstanden.“ Er richtete seinen Blick auf den Riesen.

„Trotz, kannst du ihn bitte hier fortschaffen und sorg dafür, dass er nie wieder einen Schritt in Sprachen setzt.“

Der Riese nickte und warf das Karnickel mit Leichtigkeit über die Schulter, stampfte los und entschwand in den Weiten des Tunnels.

„Arbeitest du hier?“, fragte unser Wort.

Die Echse schien von der Frage leicht irritiert.

„Ja, tue ich. Ich möchte mich noch einmal entschuldigen. Die Wortspiele sollten etwas Schönes sein, das du gut in Erinnerung behältst. Weißt du was?“

Er fummelte in seinem Gewand herum und entdeckte anscheinend, was er gesucht hatte, denn seine Hand kam wieder zum Vorschein. In ihr glänzte ein silbernes Ticket, fast so silbern wie der Tunnel selbst.

„Nimm dieses Ticket. Damit hast du bei den Wortspielen einen guten Platz sicher und es wartet noch eine kleine Überraschung auf dich, das kann ich dir versprechen“, er zwinkerte unserem Wort zu, streckte ihr seine Arme entgegen, die sie ergriff, und zog sie auf die Beine.

Unser Wort nahm das Ticket und bedankte sich.

„Ich bin jetzt schon richtig neugierig, was es mit den Wortspielen auf sich hat“, lächelte unser Wort, über ihre Tränen triumphierend.

Die Echse blickte erstaunt.

„Du meinst, du weißt gar nicht, um was es bei den Wortspielen geht?“

„Nein, ich habe keine Ahnung“, antwortete sie.

Die Echse war sichtlich vergnügt. Das kann ja noch interessant werden, dachte sie, ohne dass unser Wort den Gedanken zu lesen vermochte.

„Na dann wollen wir mal, damit du schnell herausfindest, um was es sich bei den Wortspielen handelt. Komm, ich zeige dir, wie es zurück zum Haupttunnel geht.“

Obwohl unser Wort sich gerade erst selbst versprochen hatte, keinem Wort mehr so leicht ihr Vertrauen zu schenken, verschenkte sie es nun an die Echse und folgte ihm durch das Tunnelgewirr. Nach einiger Zeit trafen sie hier und da wieder vereinzelt auf Worte, die, wenn sie die beiden sahen, sich gegenseitig anstupsten und miteinander tuschelten. Die

Echse und unser Wort ignorierten dies aber und erreichten bald den Haupttunnel.

„Hier hättest du einfach geradeaus gehen müssen. Du kommst dann automatisch zur Platzvergabe. Gib ihnen dein Ticket und du wirst einen schönen Abend haben."

Unser Wort gab ihm die Hand und sagte: „Es war mir eine Freude, deine Bekanntschaft zu machen. Vielen Dank für alles."

Sie verabschiedeten sich, doch als die Echse gerade verschwinden wollte, fragte unser Wort noch:

„Wirst du dir die Spiele auch anschauen?"

Die Echse blieb noch einmal stehen. Sie zwinkerte.

„Wenn die Spiele erstmal losgehen, habe ich nicht mehr ganz so viel zu tun. Ich hoffe, da findet sich ein wenig Zeit, dass ich auch einmal vorbeischauen kann. Also viel Spaß!"

Dann verschwand er in einem Nebentunnel.

Unser Wort machte sich auf, den Tunnel zu durchstreifen. Fast euphorisch ging sie sicheren Schrittes voran. Sie freute sich auf den Beginn der Spiele. Sie hatte eine gute Platzkarte, wusste noch nicht, was auf sie zukam, und es ist ja so, dass das meiste noch mehr Spaß macht, wenn es überraschend daherkommt. Nun ja, unser Wort war gewillt, sich überraschen zu lassen, und um dies schon einmal vorwegzunehmen: diesem Willen sollte Folge geleistet werden.

Je weiter sie im Tunnel vorankam, desto heller wurde es. Dem silbernen Schimmern mischte sich ein blaues Leuchten bei. Bald ging dies in wärmere Farben über. Kerzen hingen an den Wänden und tauchten den Tunnel in gelb-rote Töne, die sich mit dem Schwarz der Schatten, die von den vielen Worten geworfen wurden, abwechselten. Mit der Zeit wurden es mehr und mehr Worte, bis sie eine kleine Schlange sah, die darauf wartete, endlich eingelassen zu werden. Unser Wort reihte sich ein und wartete. Sie wartete so lange, bis ein großes, rundes Gesicht von einem Schalter auf sie hinabblickte und dann höflich sagte:

„Herzlich Willkommen. Das Ticket bitte."

Unser Wort zog den silbernen Schein, den sie von der Echse bekommen hatte, aus ihrer Tasche, reichte ihn in die Hände, die zu dem großen, runden Gesicht gehörten, und wartete erneut. Diesmal musste sie nicht besonders lange warten, denn plötzlich ging alles ganz schnell. Das nette, große, runde Gesicht war ganz aus dem Häuschen.

„Meine Dame, mit einem silbernen Ticket hätten Sie sich doch nicht in der Schlange anstellen müssen. Wären Sie doch sofort zu mir gekommen."

Das Gesicht im Schalter war plötzlich verschwunden, tauchte aber Sekunden später vor unserem Wort wieder auf, diesmal aber in kompletter Gestalt, die abgesehen vom sehr freundlichen großen, runden Gesicht zwei kleine Arme und zwei kleine Beine beinhaltete. Unser Wort dachte, dass die beiden Beine wohl große Mühe haben mussten, ein solch großes Gesicht durch die Welt zu tragen, doch es gelang. Das Gesicht verneigte sich vor ihr und sagte:

„Darf ich Sie zu Ihrem Platz begleiten?"

Unserem Wort gefiel die Höflichkeit.

„Ja, ich bitte darum", sagte sie, den Moment voll auskostend.

„Dann folgen Sie mir", sprach das Gesicht und führte sie durch einige silberne Gänge, die von Kerzen beleuchtet waren. Sie traten durch einen Eingang in die Halle, die den Wortspielen als Austragungsstätte dienen musste.

Unser Wort saß in einem weichen Ledersessel, vor dem eine Kerze brannte. Die Kerze vor ihrem Sessel war aber nicht die einzige Kerze. Vor unseres Wortes Augen brannte der Sternenhimmel, dem aber tausende von Sternen von einer anderen

Galaxie geliehen wurden, damit er so hell brennen konnte, wie es in diesem Saal der Fall war. Nun verstand sie. Der Saal glich einem Amphitheater. Die unteren Sitzreihen bestanden aus Sesseln, die mehr Platz boten als die einfacheren Stühle, die in den höheren Reihen zur Verfügung standen, doch eins hatten alle Sitzplätze gemein: Vor jedem brannte eine Kerze, die alle zusammengenommen das Theater in eine wundervolle Atmosphäre tauchten, in die auch unser Wort schnell eintauchte. Es war riesig. Unserem Wort war es nicht möglich, die Dimension des Gebäudes zu begreifen. Sie erinnerte sich an die Wortströme, die vom Sprachfluss und den anliegenden Tälern auf die Stadt geschwappt und dann von dem Loch unter dem Eingang zu den Wortspielen verschluckt worden waren. Alle diese Worte sollten hier Platz gefunden haben und doch waren da noch immer zahlreiche Plätze unbesetzt.

Unser Wort machte sich auf ihrem Sessel bequem, schloss die Augen, ließ sich von der Wärme der Kerzen umschließen und wartete auf die Spiele, die schon bald beginnen sollten.

Sieben

Wortspiele

Trommelwirbel ertönte. Unser Wort öffnete ihre Augen. Alle Kerzen im Theater waren ausgeblasen. Es war stockfinster. Neben sich konnte sie gerade noch die Silhouette eines Wortes ausmachen, das nun in dem Sessel neben ihr saß. Ein einziges Spotlight ließ einen Lichtklecks auf der Bühne erscheinen. In ihm stand ein kleines Wort, nicht viel größer als sie selbst. Es trug einen spitzen Zylinder, der halb so groß war wie das Wort selbst. Jetzt erkannte sie ihn. Inmitten des Amphitheaters stand die Echse auf der Bühne. Sie trug ihr lila glatt hinabfallendes Gewand, das sie eng um sich geschlungen hatte.

„Wortgewandt", flüsterte eine Stimme neben ihr. Kurz wurde es unruhig im Saal. Die Echse stand unbeeindruckt auf der Bühne und verzog keine Miene. Die übrigen Worte beruhigten sich wieder. Konzentriert blickten sie auf die Echse. Etwas unter ihrem Gewand fing an zu zappeln. Das Gewand öffnete sich einen Spalt und ließ eine schuppige Hand zum Vorschein kommen, die ein silbernes Mikrofon umschloss.

„Sehr geehrte Damen und Herren!", schallte es klar und deutlich durch den Raum.

„Ich begrüße Sie herzlich zu den Wortspielen 2009!"

Eine Welle der Begeisterung durchflutete den Saal. Das Publikum applaudierte heftig.

„Im Namen des Spiel-Komitees kann ich sagen, dass wir uns freuen, dieses Jahr in der wundervollen Stadt Sprachen

Gast sein zu dürfen. Das Kolosseum unter der Stadt ist einzigartig auf der Welt!"

Wieder wurde die Echse von der Begeisterung des Publikums unterbrochen. So einige Bürger Sprachens waren unter den Worten, die dies gern hörten.

„Übrigens, für diejenigen Worte unter Ihnen, die mich noch nicht kennen", Gelächter machte sich breit, „mein Name ist Wortgewandt und ich freue mich sehr, an diesem Abend ihr Gastgeber sein zu dürfen!" Die Menge toste. Sie jubelten der Echse zu.

„Wie immer wurden von der Weltrangliste die zehn besten Spieler eingeladen, ihr Können unter Beweis zu stellen! Sie werden hintereinander antreten! In drei Runden werden die fünf besten Spieler ermittelt, dann die besten zwei, um dann im direkten Vergleich den besten Spieler dieser Wortspiele küren zu können!"

Die Menge blieb ruhig, als erwartete sie noch etwas. Wortgewandt schlenderte über die Bühne, das Spotlight verfolgte ihn dabei. Dann lachte er.

„Und vergessen Sie nicht! Auch dieses Jahr gilt wieder: Steht der Sieger fest, erhält ein Wort aus dem Publikum die Chance, beim Spiel dabei zu sein!"

Das Kolosseum taumelte. Worte applaudierten vor Begeisterung.

„Mit Freuden stelle ich Ihnen die diesjährigen Kontrahenten vor, die sich eindrucksvoll für die Spiele qualifiziert haben."

Der Trommelwirbel kehrte zurück.

„Gladiatoren!", tönte Wortgewandts Stimme durch den Saal.

Er drehte sich zur Seite, streckte seinen linken Arm aus, der schuppig aus seinem lila Gewand auftauchte, und verwies auf die andere Seite der Bühne, die noch im Dunkeln lag. Zehn weitere Spotlights schickten ihr Licht gleichzeitig auf die Bühne. Von den Lichtkreisen umschlossen, standen sie da, aufgereiht einer neben dem anderen.

„Seid gegrüßt!“, rief Wortgewandt mit seiner durch das Mikrofon verstärkten Stimme und übertönte dabei den Trommelwirbel und die Begeisterung des Publikums. Es wurde wieder still.

„Mit der Qualifikation zu den Wortspielen habt ihr bewiesen, wie gut ihr seid! Dennoch kann es nur einen Besten geben und einer von euch wird genau dies am Ende dieses Abends sein! Ich freue mich darauf, zu sehen, was ihr uns zu bieten habt! Allen von euch wünsche ich viel Erfolg!“

Das Publikum applaudierte. Die zehn Worte verbeugten sich und verließen die Bühne, entschwanden in die Dunkelheit. Nur noch ein Spotlight schickte sein Licht aus. Die Echse sprach:

„Damit bleibt mir nur noch eins zu sagen.“

Das Publikum verfiel in angespanntes Schweigen. Dann sprach Wortgewandt mit kräftiger Stimme:

„Hiermit erkläre ich die Wortspiele 2009 für eröffnet!“

Das Publikum tobte. Worte pfiffen und riefen:

„Spielt! Spielt! Spielt!“ Dann verschwand auch das letzte Spotlight. Die Halle verfiel in Dunkelheit.

„Spielt! Spielt! Spielt!“, ertönten die Stimmen der Worte noch immer. Kerzen wurden entzündet und zum ersten Mal nahm unser Wort die Bühne als Gesamtes wahr, denn das Licht der Kerzen umschloss sie komplett. In der Mitte der Bühne war ein breiter kirschroter Ledersessel mit dicken Armlehnen aufgestellt. Neben ihm gab es einen kleinen Tisch aus Mahagoni, auf dem ein Glas mit Wasser stand. Der Saal war mucksmäuschenstill.

Dann hörte man ein gleichmäßiges Klopfen. Es waren Hufe, die sich auf der Bühne fortbewegten. Im schummrigen

Licht der Kerzen waren sie nur schwer zu erkennen, doch als sie es sich mit einem großen Satz auf dem Ledersessel bequem machten, konnte auch unser Wort sie sehen. Die Hufe waren so schwarz wie die Nacht, sie sahen fast aus wie Lederschuhe, doch fehlten Lasche und Schnürsenkel. Die Hufe ruhten ungerührt auf dem Leder und machten keine Anzeichen, sich zu bewegen. Irgendwo im Raum ertönte ein Gong. Nun bewegten sich die Hufe in die Luft und verharrten frei schwebend am Kopf der Rückenlehne. Übereinander angeordnet sahen sie aus wie Lippen, die einen pechschwarzen Mund formten. Die Lippen öffneten sich.

„Guten Abend", sprach der Mund, der aus den beiden Hufen bestand, die immer dann, wenn sie sich schlossen, beim Aufeinanderprallen ein dumpfes Klopfen erzeugten.

„Zunächst möchte ich mich bei Wortgewandt bedanken, der wieder ach zu bescheiden ist." Der Mund öffnete und schloss sich wieder. Klopf, Klopf, Klopf, Klopf, Klopf, Klopf, Klopf. Das Klopfen verlieh seiner Sprache einen eigentümlichen Rhythmus.

„Hat er doch selbst noch vor wenigen Jahren die Wortspiele dominiert, sie sogar dreimal hintereinander gewonnen, was ihm bisher noch keiner nachgemacht hat. Ich freue mich sehr, dass er jetzt immer noch an den Spielen teilnimmt, wenn nicht als Spieler, dann als würdiger Gastgeber."

Die beiden Hufe schwebten gemeinsam zum Glas, umschlossen es und schlürften einen langen Schluck Wasser. Sie stellten das Glas wieder ab, blickten einmal in die Runde und begannen dann mit dem ersten Wettkampfbeitrag dieses Abends.

„Der Zug", sprachen die Hufe. Gespanntes Schweigen umschloss sie.

„In Sprachen gibt es keine Züge. Man fragt sich, woran das liegt, aber dann fragt man, an wem das liegt, aber dazu muss man fragen, wo der liegt, und dann stellt sich die Frage, soll man fragen, wenn er liegt. Es gibt also zahlreiche Fragen, also besser nicht fragen. Jedenfalls bin ich mit dem Zug zu Ihnen gekommen. Mit dem Zug? Aber es gibt doch keinen Zug. Diesmal finde ich Ihre Frage mal ganz gut, drum gibt es auch Antwort. Ihre Frage ist, wie bin ich hergekommen. Wiederholen Sie sich nicht! Ich bin gekommen mit dem Zug. Ja, aber den gibt es doch hier nicht. Stimmt, hier nicht. Aber da wo ich herkomme, da gibt es ihn, den Zug. So, jetzt genug der Plauderei, zügig, zügig soll's jetzt weitergehen. Wie bin ich also hergekommen? Ich stand vor einer schweren Frage, vor der ich jetzt schon wieder stehe. Wie komme ich nach Sprachen, welches Transportmittel soll ich nehmen? Der Zug kam für mich nicht in Frage, das war glaub ich Ihre Frage. Warum kam der Zug denn nicht in Frage? Na ja, er verwirrt mich viel zu sehr. Ich wollte ja mit dem Zug nach Sprachen. Beim Auszug von zu Haus trug ich meinen besten Anzug. Als ich zum Zuge kam, zog sich seine Tür fast zu. Gekonnt sprang ich hinein und saß tatsächlich im Zug. Da rief ich dem Schaffner zu. Was soll ich tun, ich habe Zug. Was haben Sie, fragte der Schaffner. Ich antwortete nur, na ja, Durchzug. Zugegeben, sprach der Schaffner, es zieht schon kräftig, aber steigen Sie in den Gegenzug, das wäre wohl das Beste. Dieser Zug gefiel mir gut, ein wundervoller Schachzug. Er ließ mich durch die Türe springen, doch blieb ich auf der Strecke hängen. Bezüglich des Zugs als Weg nach Sprachen war es doch der Holzweg, auf dem ich mich befand. So verwirrt von all den Zügen, verwies ich den Zug in seine Schranken, zweigleisig fahren wollt ich nicht. Mit meinem letzten Atemzug möchte ich Ihnen also zurufen: nach Sprachen kam ich mit den Hufen."

Klopf, Klopf, Klopf, Klopf, das Geräusch beim Zusammentreffen der beiden Hufe war während des Beitrags in immer kürzer werdenden Abständen hintereinander erfolgt, da die Hufe ihr Sprechtempo stetig erhöht hatten. Klopf, Klopf, Klopf, das Klopfen wurde zu einem Rattern, das sich rhythmisch durch das Gehör des Publikums bewegte. Ja, es war wie ein Zug, der durch sie hindurch gerattert war und diesen Effekt bejubelten die Worte frenetisch. Unser Wort war beeindruckt. Die Hufe verneigten sich vor dem Publikum, sprangen vom Ledersessel und verließen die Bühne. Ihr Abgang wurde von ihrem Klopfen auf dem Boden begleitet. Wortgewandt kam zurück auf die Bühne. Auch er applaudierte.

„Sehr schön, sehr schön", sagte er, während sich das Publikum wieder beruhigte.

„Verehrte Damen und Herren. Kommen wir zur Punktevergabe."

Die Kerze vor unseres Wortes Sessel entzündete sich plötzlich, so wie es auch alle anderen Kerzen im Saal taten.

„Vor Ihren Plätzen befindet sich Ihre Platzkerze, die sich soeben entzündet hat. Ertönt der Gong, müssen Sie eine Entscheidung fällen. Hat Ihnen der Beitrag der Hufe gefallen, lassen sie Ihre Kerze brennen, missfiel er Ihnen aber, so pusten Sie Ihre Platzkerze aus. Nach dem Gongschlag stellen wir fest, wie viel Prozent des Publikums für die Hufe gestimmt haben. Dieser Prozentsatz ergibt auch die Punkte, an denen sich die übrigen Gladiatoren messen müssen."

Der Gongschlag ertönte. Unser Wort verstand nicht, wie sie bei einem solch hervorragenden Beitrag ihre Kerze auspusten könnte und dies dachten wohl auch viele andere Worte, denn sie rührten ihre Platzkerze nicht an. Gleichwohl waren da einige, die sehr wohl das Licht ihrer Kerze löschten. Dann ertönte der zweite Gong. Auf einer Seite der Bühne zogen sich zwei Zahlen mühsam den Absatz hinauf. Sie trugen weiße Handschuhe und waren von einer massigen, pinkfarbenen Gestalt. Sie stellten sich nebeneinander auf und riefen mit hoher Stimme gemeinsam:

„82, 82, 82!" Dann verließen sie die Bühne wieder.

Wortgewandt war aus dem Häuschen. Die Echse rief in ihr Mikrofon:

„Sensationelle 82 Punkte für die beiden Hufe! Die Gladiatoren konkurrieren dieses Jahr auf einem besonders hohen Niveau! Oder sind es etwa Sie, verehrtes Publikum, die dieses Jahr ach zu großzügig mit den Punkten umgehen? Ich wünsche Ihnen weiterhin viel Spaß!"

Wortgewandt verließ die Bühne. Die Kerzen vor den Sitzplätzen der Worte erloschen wieder. Nur die Bühne war noch in schummriges Licht getränkt. Der kirschrote Ledersessel stand noch genau wie vorher. Nur das Wasserglas war durch ein neues ersetzt worden.

Gladiator um Gladiator stritt um die Gunst des Publikums. Vom Gong angekündigt, präsentierten sie ihre Beiträge, die für unser Wort alle so fantastisch wirkten, so voller Fantasie und Witz. Sie genoss es, es sich in ihrem Sessel gemütlich zu machen, doch konnte sich auch nie ganz fallen lassen, da sie immer angestrengt und verzaubert den Geschichten der Worte lauschte. Nach jedem Beitrag ertönten Gongschläge. Die Worte mussten entscheiden, ob sie ihre Platzkerze auspusteten oder sie brennen ließen. Während des gesamten Spiels war unser Wort nicht in der Lage, auch nur ein einziges Mal ihre Kerze auszupusten. Wer war sie denn, dass sie über diese Worte entscheiden konnte. Da waren Geschichten, die sie nicht im Geringsten verstand, bis sich ihr Sinn ganz plötzlich mit dem allerletzten Wörtchen über sie ausbreitete. Dann fühlte sie sich blind, den Sinn nicht schon zuvor erkannt gehabt zu haben, aber auch beschenkt, denn schließlich musste sie eine ganze Geschichte lang abwarten, bis der Gladiator ihr endlich erlaubte, zu verstehen. Und vielleicht war es ja auch genau das Gleiche bei ihr selbst, dachte sie dann. Vielleicht musste sie einfach warten, warten darauf, dass auch ihre Geschichte zu Ende ging und ihr endlich jemand erlaubte, zu verstehen, zu verstehen, welchen Sinn sie hatte. Andere Geschichten formten die lustigsten Bilder vor ihren Augen. Eine Geschichte, die ihr richtig gut gefiel, handelte von einem Schwamm, der sich immer, wenn er nervös war, schwammig ausdrückte. Dies hatte nicht nur zur Folge, dass man den Schwamm nur schwer verstehen konnte, sondern auch, dass die Worte, die mit ihm sprachen, stets klitschnass waren. Diese Vorstellung gefiel unserem Wort besonders gut. Die verrücktesten Geschichten wurden erzählt, Geschichten von Schnecken, die unendlich weit voneinander entfernt auf einander zu krochen, sich aber trotz Unendlichkeit trafen, über Frösche und Spiegel, über Uhren und Briefe, doch eins hatten die Geschichten gemein: stets waren sie fantastisch. Dinge wurden von einem neuen Blickpunkt aus betrachtet, so als wollten die Geschichten Bekanntes ganz neu erforschen. So vergingen die Wortspiele. Das Publikum hatte fünf Gladiatoren auserwählt, die nun wieder neue Geschichten vorzutragen hatten, bis nur noch zwei von ihnen übrig waren. Wortgewandt stand auf der Bühne. Die Kerzen tauchten sein Gesicht in ein Rot und Gelb. Mit dem Mikrofon in seiner Hand sprach er:

„Ladies and Gentlemen!“, er zog die drei Wörtchen besonders in die Länge.

„Die Finalisten der Wortspiele 2009 stehen fest!“

Die Menge toste.

„Kommt raus und zeigt euch!“

Die beiden Gladiatoren betraten die Bühne. Das Publikum jubelte so laut, dass kein Wort das Klopfen der Hufe auf dem Boden hören konnte. Doch hatte jedes Wort im Publikum den Beitrag über den Zug ganz genau in Erinnerung.

Die Hufe hatten die Geschichte gleich am Anfang als ersten Beitrag der Wortspiele erzählt. Neben den Hufen kam auch ein Huhn auf Wortgewandt zu. Dies erfreute unser Wort besonders, denn es war das Huhn gewesen, das die Geschichte vom Schwamm erzählt hatte, die unser Wort besonders gut leiden konnte. Das Huhn hatte es also ebenfalls bis ins Finale geschafft. Die beiden Gladiatoren standen nebeneinander auf der Bühne und wurden bejubelt. Aus einem Schacht im Boden stieg ein zweiter Sessel auf. Auch dieser war kirschrot und hatte einen Mahagonitisch mit einem Glas Wasser darauf neben sich stehen.

„Bitte setzt euch“, sprach Wortgewandt durch das Mikro.

Die Hufe nahmen auf dem linken Sessel Platz. Das Huhn wirkte nervös, es flatterte aufgeregt mit den Flügeln, verfehlte dabei den Sessel zunächst, doch gelang es ihm dann, sich zu setzen. Trommelwirbel ertönte und es wurde still im Saal. Wortgewandt sprach:

„Wir werden jetzt auslosen, wer von euch zu beginnen hat."

Wortgewandts Gewand zappelte, dann tat es sich einen Spalt auf und seine grüne, schuppige Hand kam zum Vorschein.

„Kopf oder Zahl?", fragte die Echse, sich an das Huhn richtend.

Auf der Stirn des Huhns hatten sich Schweißperlen gesammelt. Sichtlich nervös antwortete es:

„Kopf."

Ein Spotlight richtete sich auf Wortgewandt. Mit einem Schnippen warf er die Münze hoch in die Luft. Sie drehte sich mehrfach und reflektierte dabei das Scheinwerferlicht. Dann schnappte Wortgewandt zu, presste die Münze rasch auf den Rücken seiner linken Hand und hob die Rechte.

„Zahl!", rief er ins Mikro, das er in der Zwischenzeit unter seinem Gewand verstaut haben musste, und gewährte den beiden Gladiatoren einen Blick auf die Hand. Die Hufe nickten. Das Huhn streckte nur seinen langen Hals und schaute verschreckt hin und her.

„Das Huhn beginnt", sagte Wortgewandt und verschwand von der Bühne.

Alle Augen richteten sich auf den Vogel. Mit einem Flügel griff es nach dem Glas neben sich und pickte einige Schlucke Wasser. Fast hätte es das Glas fallen gelassen, doch gelang es ihm dann doch, das Glas wieder heile auf den Tisch zu stellen. Der Gong ertönte. Das Huhn blickte noch immer hin und her, doch musste es jetzt mit seinem Vortrag beginnen.

Unserem Wort schien es, als wüsste es gar nicht, was es sagen sollte, so als hätte es nie damit gerechnet, bis ins Finale zu kommen und hätte jetzt nichts vorzutragen. Doch dann fing es an:

„Die Frage“, nannte es den Titel seines Beitrags.

„Ich weiß nicht, ob Sie mir glauben, aber ich beschäftige mich schon eine ganze Weile mit einer Frage. Seit ich denken konnte, stellte ich mich selbst immer wieder vor dieses Problem, umkreiste es, forschte und heute darf ich mich Ihnen als Gewinner präsentieren, denn ich habe die Antwort gefunden. Was war zuerst da, das Huhn oder das Ei? Nun ja, Sie werden sich sicherlich fragen, wie ich es geschafft habe, die Antwort auf eine solch knifflige Frage zu finden. Sie müssen wissen, dass ich als Huhn gute Voraussetzungen mitbringe, mich besonders gut in die Problemstruktur hineinversetzen kann. So möchte ich Ihnen mein Vorgehen darlegen. Zunächst habe ich mir überlegt, wo ich denn überhaupt die Antwort zu dieser Frage finden kann und richtete mein Augenmerk dann auf die Vergangenheit. Dies erschien mir naheliegend. Ich fragte also meine Tante, ob sie wisse, ob das Huhn oder das Ei zuerst da war. Als sie mir keine Antwort geben konnte, erklärte ich ihr, dass man in der Vergangenheit zu suchen hat. Drum fragte sie ihre Mutter. Die Mutter wusste es nicht, drum fragte sie ihre Mutter. Die Mutter wusste es nicht, drum fragte sie ihre Mutter. Die Mutter wusste es nicht, konnte aber niemanden fragen, sie hatte keine Mutter mehr. Nun war es mir klar. Wenn die Mutter der Mutter der Mutter meiner Tante keine Mutter mehr hatte, musste sie irgendwo anders herstammen, vom Ei. Die Mutter ohne Mutter musste also vom Ei abstammen. Somit kann ich Ihnen heute auf die Frage, was war zuerst da, das Huhn oder das Ei, ruhigen Gewissens antworten: das Ei. Aber bitte, fragen Sie bloß nicht nach.“ Das Huhn war schweiß-getränkt. Es stand auf und verneigte sich.

Durch das Publikum ging ein Lachen, als sie sahen, was da auf dem Sessel lag. Das Huhn musste während seines Vortrags ein Ei gelegt haben, denn genau das lag jetzt auf dem kirschroten Ledersessel. Auch unser Wort musste grinsen. Sie fand die Geschichte mit dem Schwamm zwar gelungener, doch fand sie es gut, dass die Geschichte vom Huhn und vom Ei zu so einem passenden Abschluss kam. So ließ sie, als mal wieder der Gong zur Abstimmung ertönte, ihre Platzkerze brennen und war gespannt auf die Punktezahl, die das Huhn bekommen würde. Abermals zogen sich zwei pinkfarbene Zahlen auf die Bühne. Dieses Mal waren es aber nicht die 8 und die 2. Auf die Bühne watschelten eine 9 und eine 6. Gespannt darauf, zu sehen, in welcher Reihenfolge sich die beiden Zahlen aufstellen würden, hielt das Publikum die Luft an. Die 6 lief ein bisschen weiter als die 9. Dann blieben sie stehen und piepsten:

„69, 69, 69!“

Wortgewandt war zurück.

„69 Punkte für das Huhn! Das haben wir diesen Abend aber schon besser gesehen“, rief die Echse ins Mikro.

Das Huhn flatterte sichtlich enttäuscht zurück auf seinen Sessel und ließ sich auf dem frisch gelegten Ei nieder. Die Hufe hatten sich nicht bewegt. Regungslos verharrten sie, auf den Gong wartend, der das Zeichen geben würde, loszulegen, und der soeben geschlagen hatte. Die Hufe flogen in die Luft und blieben schwebend vor der Kopflehne des Sessels hängen. Wieder hatten sie sich so angeordnet, dass ein schwarzer Mund zu sehen war. Die Hufe sprachen:

„Die Schachtel. Anfangen! Jede Geschichte beginnt mit diesem Drang. Anfangen! Anfangen! Eine Stimme im Kopf, die mich nach vorne peitscht. Du hast doch keine Zeit. Fang an! Beeile dich! Es muss so sein. Es muss Qual sein, die Qual, den einen klaren Gedanken aus der Flut des Geistes zu filtern. So fing ich also an, mich zu quälen. Dies kam dabei heraus:

Wenn man jung ist, hat das Leben einen gewissen Reiz. An jeder Ecke stolpert man über Geschichten, deren Hauptrollen man selbst spielen kann, jede Geschichte ein einziges Wunder. Wenn ein Kind über ein Wunder stolpert, steht es immer wieder sofort auf, denn es weiß ganz genau, dass es ja, sollte es liegen bleiben, eine Menge Wunder verpasste. Als Kind waren die Wunder andere als heute. Sie waren kleiner, bescheidene Träume und Wünsche, die Wunder waren so einfach. Wenn man aber genau hinschaut, gibt es sie noch heute. Ein Wunder begegnet dir als Märchen, das dir so fantastisch erscheint, dass du nicht mehr weißt, wo das Märchen endet und dein Leben beginnt. Solch ein Wunder geschieht nicht häufig, manchmal gar nicht oder nur ein bisschen. Doch, wenn man jung ist, oh Gott, ich sage euch, die Wunder jagen einen. Lasst mich euch eine Geschichte erzählen:

»Es war einmal ein Mädchen, das den schönen Namen Sophie trug. Da Sophie noch ein Kind war, stolperte sie gern, am liebsten über Wunder, und das konnte sie wirklich gut, so gut, dass sie eigentlich überall blaue Flecken haben musste, doch hinterlassen Wunder keine blauen Flecke, sondern ausschließlich die kostbarsten Erinnerungen. Sophie hatte auch einen Bruder, der in der Geschichte eine nicht so große Rolle spielt. Weswegen er aber dennoch erwähnt wird, ist der Versuch, eine bestimmte Eigenart Sophies besser erklären zu können. Diese Eigenart wohnte nur ihr inne, dem Bruder hingegen war sie fremd. Sophie war ein Mädchen, das Geschichten über alles liebte. In allen Worten, die sie sah, erspürte sie stets die Geschichte, die hinter dem Wort steckte. Dieses kleine Quäntchen Geschichte, das sie in jedem Wort zu sehen vermochte, ließ Sophie jedes Wort lieben und eben auch jene Worte, die sonst nur selten geliebt wurden. Sie war begeistert von der Welt, drehte sich in ihr und sang für sie ihre schönsten Lieder. Nun war es so, dass sie und ihr Bruder eines Tages im Schatten eines Baumes saßen. Eine Schlange hatte es sich in der Krone des Baumes gemütlich gemacht. Als sie jetzt aber die beiden Kinder sah, kroch sie den Stamm des Baumes hinunter. »Psst«, sprach die Schlange. Der Junge erschrak, drehte sich um, sah die Schlange, erschrak erneut und rannte davon. Trotz der Tatsache, dass Sophie doch seine Schwester war, ließ er sie allein zurück. Sophie aber streckte der Schlange ihre Hand entgegen. Die Schlange schlängelte sich um ihre Hand, dann um ihren Arm, bis sie ihren ganzen Körper umwickelt hatte. Nur Sophies Kopf war noch zu sehen. Ohne Angst blickte sie in das Gesicht der Schlange. »Psst«, sprach die Schlange. »Ja?«, fragte Sophie. »Ich will dir eine Geschichte erzählen«, sprach die Schlange. »Gern«, sagte Sophie, da sie Geschichten doch so sehr mochte. Da fing die Schlange an zu erzählen:

»Es war einmal vor vielen Jahren ein kleines Mädchen. Das kleine Mädchen liebte es, in der Natur zu spielen. Oft war sie für lange Zeit an der frischen Luft, tollte herum und genoss ihr Dasein. Immer wieder begegnete sie neuen Dingen und so wurde es ihr in der Natur nie langweilig. An einem Nachmittag ging sie wieder aus, um etwas Neues kennenzulernen und tatsächlich, sie hatte Glück. Nach einiger Zeit des Gehens, des Schauens, des Wartens, des wieder Gehens, blieb sie plötzlich stehen. Das kleine Mädchen stand nämlich vor einer langen Zeit. Die Zeit war so lang, dass sie das kleine Mädchen um ein Vielfaches überragte. »Guten Tag«, sprach sie zur Zeit. »Von wegen, guten Tag. Es ist ein scheußlicher Tag«, gab die Zeit Antwort. »Aber warum ist der Tag denn so scheußlich?«, fragte sie. »Nicht nur der Tag, alle Tage sind scheußlich und werden immer scheußlicher.« – »Und warum?«, fragte das kleine Mädchen. »Weil ich jeden Tag kürzer werde, bis, bis ich vorbei bin.« – »Aber du bist doch noch so lang«, wollte das kleine Mädchen die Zeit trösten. »Ja«, sprach die Zeit, »für dich bin ich noch lang, aber warte mal ein paar Jahre, dann werde ich dir ganz und gar nicht mehr lang vorkommen.« – »Das verstehe ich nicht«, gab das Mädchen zurück. »Ich werde dir eine Geschichte erzählen«, sprach die Zeit und fing an zu erzählen:

»Einst vor vielen Jahren gab es ein Mädchen. Ihr Name war Sophie. Sophie hatte einen Bruder, den sie sehr liebte. Es gab aber nicht nur den Bruder, den Sophie liebte, sondern viele andere Dinge, denn Sophie liebte fast alles und besonders liebte sie die Geschichten. Eines Tages saßen die beiden im Schatten eines Baumes. Eine Schlange hatte es sich im Baum gemütlich gemacht, kam aber, von den beiden Kindern angezogen, hinunter geschlängelt. Sophies Bruder erschrak, als er die Schlange sah. Er rannte davon und ließ seine Schwester allein. Sophie erschrak nicht. Sie streckte der Schlange freundlich ihre Hand entgegen und ließ die Schlange ihren Körper umwickeln. Die Schlange sagte, sie wolle Sophie eine Geschichte erzählen und da Sophie Geschichten über alles liebte, hörte sie gespannt zu. So vergingen die Jahre. Die Schlange erzählte und erzählte und irgendwie nahm die Geschichte überhaupt kein Ende. Sophie wurde älter, doch merkte sie dies gar nicht. Die Schlange hatte ihren Körper ja eingewickelt und so konnte sie nicht sehen, wie er allmählich alterte. Als die Schlange mit ihrer Geschichte zum Ende kam, kam sie auch selbst zum Ende. Sie starb und verging. Nach langer Zeit konnte Sophie nun ihren Körper wieder sehen und sie erschrak, denn sah sie jetzt erst, wie alt sie geworden war. Mühselig stand sie auf und schlenderte, wie es für eine alte Frau üblich ist, sehr, sehr langsam zu einem See. Sie beugte sich über den See und blickte in das Gesicht der Frau, die sie sein sollte. Da sprach Sophie zu sich selbst: »Einst, da stand ich vor einer langen Zeit. Über das

Altsein musste ich nicht nachdenken. Und jetzt, jetzt habe ich all meine Zeit aus den Augen verloren.« Sophie blickte in ihre eigenen Augen, die sich im See spiegelten, und suchte nach diesem einen Quäntchen, das sie gewohnt war, in jedem Ding zu finden und das sie dieses Ding, was immer es auch war, lieben ließ. Nach diesem Quäntchen suchte sie jetzt in sich selbst, die kleine Geschichte in ihr, die sie lieben könnte, und würde sie auch noch so alt werden. Da sprach das Quäntchen, das sie nach einiger Zeit in ihrem Auge wiederfand: »Ich möchte dir eine Geschichte erzählen.« Sophie war nicht mehr sicher, ob sie noch eine Geschichte hören wollte, ihr kam es so vor, als hätte sie jede Geschichte, die es in der Welt geben konnte, schon von der Schlange gehört. »Ist sie denn lang?«, fragte sie und ergänzte: »Ich bringe nämlich nicht viel Zeit mit.« Das Quäntchen blickte sie noch eine Weile aus ihren Augen heraus an und verschwand dann für immer. Sophie hörte noch, wie es flüsterte: »Ja.««, beendete die Zeit ihre Geschichte.

»Was ist denn aus Sophie geworden?«, fragte das kleine Mädchen. Die Zeit schaute sie jetzt schon ein kleines bisschen kürzer geworden von oben herab an. »Sophie hatte aufgehört, Geschichten hören zu wollen. Die Geschichte der Schlange war so lang, dass sie glaubte, es lohnte sich gar nicht mehr, noch irgendeine andere Geschichte zu hören. Selbst ihre eigene Geschichte war ihr egal. Da war ihre Zeit abgelaufen, sie starb wenige Tage später.« – »Das ist ja eine traurige Geschichte«, sprach das kleine Mädchen zur Zeit«, beendete die Schlange ihre Geschichte.

Sophie war erstaunt. Wie konnten sie und die Schlange in der Geschichte vorkommen, die von der Schlange selbst erzählt wurde. »Habe ich denn jetzt wirklich so lange deiner Geschichte gelauscht?«, fragte Sophie die Schlange, die sich wunderte, dass die Schlange noch lebte, obwohl doch ihre Geschichte ein Ende gefunden hatte. »Nein, die Geschichte war doch viel kürzer als die Geschichte, die ich dir in meiner Geschichte erzählt habe«, antwortete die Schlange. Ihre Umschlingung löste sich und Sophie konnte ihren eigenen Körper sehen, der noch so jung war wie zuvor. »Und warum hast du mir die Geschichte dann so erzählt?«, fragte Sophie. Die Schlange antwortete: »Ich wollte dir zeigen, dass du ein bisschen vorsichtiger durch die Welt gehen musst. So manches Mal trifft man im Leben eine Geschichte, die einen einzufangen droht. Dann muss man sich ganz bewusst darüber werden, ob es sich denn lohnt, so tief in sie einzutauchen. Uns ist nicht viel Zeit im Leben gegeben, doch gibt es so viele Geschichten, die wir kennenlernen können. Man muss sich ganz genau überlegen, welche Geschichte es denn wert ist, sein Leben mit ihr zu verbringen.««

So seht ihr, wie sich Märchen ganz plötzlich mit dem eigenen Leben verbinden können. Immer wenn man im Leben auf so ein Märchen trifft, ist das Wunder ganz nah, wir müssen nur die Augen aufmachen.

Dies ist also alles, was da am Ende steht. Nach dem Denken und Sieben, nach der Qual, die richtige Geschichte zu erzählen. Ich hoffe, sie hat Ihnen gefallen", beendeten die Hufe ihren Beitrag und nahmen einen kräftigen Schluck Wasser aus ihrem Glas.

Die Hufe landeten wieder auf dem Leder des Sessels. Ausdruckslos warteten sie auf die Reaktion des Publikums. Zuerst war es still. Dann fingen die Flügel des Huhns an Beifall zu klatschen. Worte stimmten mit ein und klatschten, klatschten so laut, wie es an diesem Abend noch nicht der Fall gewesen war. Ja, dem Publikum gefiel, was es da soeben gehört hatte. Auch unser Wort war zufrieden. Der Titel war gut gewählt, dachte sie, die Geschichte war wirklich wie eine Schachtel, in mehrere Geschichten verschachtelt und jede musste stets neu ausgeklappt werden, so dass sich ihr

Sinn entfaltete. Unser Wort war gerührt. Sie wusste nicht genau, ob sie alles, was die Schlange gesagt hatte, richtig verstanden hatte, doch schien es ihr so, als seien die Dinge, die sie verstanden hatte, nur für sie persönlich gesagt worden. Wortgewandt erschien auf der Bühne. Auch er klatschte in die schuppigen Hände.

„Danke schön, vielen Dank!", rief er ins Mikro.

„Kommen wir zur Abstimmung. Ich bin wirklich gespannt, wie viel Punkte die Hufe erreichen werden."

Der Gong ertönte. Die Kerzen vor den Worten entzündeten sich, was den Saal mal wieder zum Sternenhimmel werden ließ. Ihre Kerze nicht anrührend, blickte unser Wort in die Runde. Hier und da verschwanden einzelne Sterne, doch insgesamt schien es ihr, als leuchte der Sternenhimmel noch genauso wie am Anfang. Diese Wirkung hielt an, bis der zweite Gong ertönte, da erloschen alle Kerzen bis auf diejenigen, von denen die Bühne erleuchtet wurde. Es dauerte eine kleine Weile, doch dann erschienen vier weiße Hände, die versuchten, sich am Bühnenrand hochzuziehen. Als es gelang, konnte man eine 9 und eine 2 sehen, die zusammen piepten:

„92, 92, 92!"

Die Hufe erhoben sich zu einem schwarzen Mund, der jetzt lachte. Sie wendeten sich in alle Richtungen und verbeugten sich höflich. Die Hufe hatten es geschafft. Sie hatten die höchste Auszeichnung gewonnen, die ein Gladiator nur gewinnen konnte, sie hatten bei den Wortspielen gesiegt. Das Huhn stand auf und tätschelte die Hufe mit einem seiner Flügel. Es musste sich geschlagen geben, die Hufe waren einfach besser. Wortgewandt sprach:

„92 Punkte! Das habe ich in meiner Glanzzeit nicht besser hinbekommen!" Anerkennend zog er seinen Zylinder.

Zum ersten Mal konnte unser Wort den gesamten Kopf der Echse sehen. Er war genauso schuppig grün wie seine

Hände, hatte merkwürdigerweise spitze Ohren, aber keine Haare, auch wenn es da eigentlich keinen Zusammenhang gab. Wortgewandt setzte sich den Zylinder wieder auf.

„Kommen wir zu dem Teil des Abends, der immer wieder für Heiterkeit bei den Wortspielen gesorgt hat und der auch dieses Jahr die Wortspiele beschließen soll! Bevor die Siegerehrung stattfinden kann, soll ein Wort aus dem Publikum die Chance bekommen, seinen eigenen kleinen Beitrag zu leisten!"

Das Publikum jubelte. Das Huhn und die Hufe schmunzelten. Die meisten Worte liebten diese Tradition. Eigentlich hatte jedes Wort irgendeine Geschichte zu erzählen, eine Anekdote oder ein Abenteuer. Ein Wort sollte die Chance bekommen, diese Geschichte an diesem Abend loszuwerden, auch wenn die Qualität der vorgetragenen Geschichten zumeist zweifelhaft war.

„Bei dem nächsten Gongschlag werden alle Kerzen ausgehen, selbst hier auf der Bühne!", verkündete Wortgewandt. „Ertönt der zweite Gongschlag, schauen Sie ganz genau auf Ihre Platzkerze, sollte die nämlich brennen, so haben Sie hoffentlich eine schöne Geschichte parat, denn dann stehen Sie schon bald hier mit uns auf der Bühne!"

Im Saal wurde es ruhig. Unserem Wort wurde es ganz mulmig im Magen. Inständig hoffte sie, dass nicht ausgerechnet ihre Kerze angehen würde. Dann ertönte der Gong. Im Saal wurde es dunkel. Man sah nichts mehr. Hier und da hörte man zwar noch leises Flüstern oder Rascheln, aber zu sehen war nichts. Unser Wort schloss ihre Augen. Die Wortspiele hatten ihr bisher sehr gefallen. Sie dachte an die fantastischen Geschichten, sie dachte auch an Sophie, an die Schlange und den Zug, den sie durch sich hindurch fahren gespürt hatte. Ja, der Abend hatte sich gelohnt. Sie musste auch darüber schmunzeln, dass sie ausgerechnet Wortgewandt im Tunnel getroffen hatte. Bei Gelegenheit würde er sich die Wortspiele mal anschauen, hatte er gesagt. Von wegen, da stand er nun als Gastgeber auf der Bühne und war hautnah mit dabei. Dann ertönte ein weiterer Gongschlag. Unser Wort öffnete ihren Augen und erstarrte. Die Kerze vor ihrem Platz brannte lichterloh.

Acht

Unser Wort spielt mit

Ihre Kerze brannte. Ihre Kerze brannte. Ihre Kerze brannte. Der Gedanke hallte in ihrem Kopf wie ein Echo, das nicht aufhörte. Wie war das möglich, fragte sie sich selbst. Bei so vielen Worten, wie war das möglich, warum gerade sie? Ein bekanntes Gesicht tauchte vor ihr auf und riss sie aus ihren Gedanken. Wortgewandt stand vor ihr und grinste sein breitestes Grinsen. Dann zwinkerte er ihr zu und sagte ohne Mikro, so dass nur unser Wort es hören konnte:

„Ich hoffe, jetzt sind wir quitt."

Er streckte ihr seinen Arm hin, den sie langsam ergriff. Mit einem Ruck zog er sie auf die Beine, die sich aber nicht vorwärts bewegen wollten. Wortgewandt musste sie eine ganze Weile ziehen, bis sie endlich gemeinsam auf der Bühne standen.

Helles Scheinwerferlicht blendete sie. Unser Wort konnte die Tausenden von Zuschauern nicht sehen, doch hörte sie, wie sie begeistert in ihre Hände klatschten. Es war ein Rauschen, das sich mit ihrem eigenen Herzschlag vermischte, doch vermochte sie nicht zu sagen, was lauter war, das Pochen in ihrer Brust oder das pulsierende Toben des Publikums. Wortgewandt nahm das Mikro zur Hand.

„Ich bitte um einen riesigen Applaus für das Wort, das sich heute Abend mit den besten Gladiatoren der Welt messen wird!"

Für einen kurzen Moment übertönte das Publikum das Pochen ihres Herzens, das aber kurz darauf noch lauter pochte und somit das Gleichgewicht wiederherstellte.

Wortgewandt führte unser Wort zu dem Sessel, in dem das Huhn noch vor kurzem gesessen, dann aber aufgestanden und mit seinem Ei von der Bühne gegangen war. Unser Wort ließ sich schwer darauf nieder. Das Scheinwerferlicht war nicht mehr auf sie gerichtet. Von den Kerzen in warmes Licht getränkt, konnte sie die Hufe neben sich sitzen sehen. Sie nickten ihr freundlich zu und so versuchte sie, das Nicken zu erwidern. Wortgewandt richtete sich an unser Wort und tat, als hätte er sie noch nie zuvor gesehen.

„Wie heißt du denn?“, fragte er.

Unser Wort versuchte sich zusammenzureißen. Sie blickte Wortgewandt ins Gesicht und antwortete:

„Ich habe keinen Namen.“

Ein erstauntes Schweigen machte sich im Publikum breit. Wortgewandt schien unbeeindruckt.

„Natürlich hast du einen Namen. Du erinnerst dich nur nicht.“

Jetzt war unser Wort erstaunt.

„Das stimmt“, antwortete sie. „Ein Mensch hat mich ausgesprochen. Der Aufprall hat mir meine Erinnerung geraubt.“

Hatte er das gewusst? Dann sagte sie noch:

„Deswegen kenne ich auch keine Geschichte. Ich kann an euren Wortspielen nicht teilnehmen.“

Wortgewandt schien noch immer unbeeindruckt, denn er sagte:

„Natürlich kannst du das. Jedes Wort kennt eine Geschichte.“

„Ich nicht“, widersprach sie ihm. „Und wenn ich mal eine kannte, dann habe ich sie vergessen.“

„Wenn gleich der Gong ertönt, wirst du uns eine Geschichte erzählen“, sprach Wortgewandt, „und ich verspreche dir, dass sie besser sein wird als jede Geschichte, die wir an diesem Abend bereits gehört haben, denn es wird die erste Geschichte sein, die du in deinem Leben erzählst und an die du dich erinnern wirst. Jedem Anfang wohnt etwas Magisches inne. Denke nicht an die Dinge, die du weißt, die du kennst oder die du schon erlebt hast. Dies sind nicht die Dinge, aus denen große Geschichten entstehen. Schöpfe deine Geschichte aus dir selbst. Nutze die Fantasie. Hast du nämlich noch nie aus diesem Fass geschöpft, so wirst du beim ersten Mal besonders viel herausbekommen. Und jetzt erzähle, erzähle so, dass es eines Anfangs würdig ist."

Unser Wort staunte über die Wörtchen, die sie von Wortgewandt hörte. Er machte seinem Namen wirklich alle Ehre. Doch könnte sie doch niemals eine Geschichte erzählen, die besser war als das bisher gehörte. Vielleicht, wenn sie hundert Jahre Zeit gehabt hätte, zu überlegen, aber doch nicht jetzt und hier aus dem Stegreif. Sie sollte ihre Fantasie gebrauchen, hatte er gesagt und sofort musste sie an Verrückt denken. Hatte er ihr nicht etwas Ähnliches gesagt? Solange sie Fantasie habe, habe sie auch einen Sinn, ja, das hatte er gesagt. Ihr Herzschlag wurde schneller. Ich werde ihnen zeigen, wie viel Fantasie ich habe. Die sollen die beste Geschichte hören, die sie in ihrem Leben zu Ohr bekommen werden. Unser Wort hatte Sinn, das wusste sie, und wenn sie dies mit einer guten Geschichte unter Beweis stellen konnte, dann würde sie dies auch tun.

Der Gong ertönte und augenblicklich umfing sie die Stille des Saals, die angespannte Stille Tausender von Zuhörern. Das warme Licht der Kerzen fiel auf ihr Gesicht. Unser Wort schloss ihre Augen, sie musste sich konzentrieren. Wo war dieses Fass zu finden, die Fantasie in ihr, aus der sie schöpfen konnte? Zuerst sah sie nichts. Doch dann leuchteten einzelne Wörtchen vor ihr auf. Tier, Blume, Gespräch, Gefühl, Willen. Sie wusste nicht, woher die Wörtchen kamen, doch waren sie ganz sicher da. Sie wusste auch, dass diese Wörtchen das Sprungbrett in ihre Geschichte waren. Auch wenn sie vielleicht gar nicht in der Geschichte selbst vorkämen, so waren sie doch der Schlüssel zu ihr, der Schlüssel, der das Tor zur Fantasie öffnen würde, denn plötzlich sagte sie etwas und war davon mehr überrascht als irgendwer sonst im Amphitheater.

„Das Spiel", nannte sie den Titel ihrer Geschichte.

Sie wollte etwas Fantastisches erzählen und schon erschien in dem Bruchteil einer Sekunde ein weiteres Wörtchen vor ihrem inneren Auge. Fliegen. Sie begann:

„»Ich möchte fliegen!«, stieß das Mädchen hervor. »Ich möchte fliegen, auf dem Rücken eines Adlers, auf dem Teppich eines Dschinns. Ich will meine Arme so rasch bewegen, dass ich fliege, hoch hinaus!« Das Mädchen rief so laut, so eindringlich, dass es selbst das laute Tönen des Windes übertönte. So hörte er es also und war interessiert. Der Wind kam hinuntergeweht und fragte das Mädchen gespannt: »Warum möchtest du fliegen?« Das Mädchen schaute dem Wind direkt ins Auge, in die Windhose, also eigentlich in die Hose, was dem Wind gar nicht passte, so dass er sich schon fast wieder davonmachen wollte, als das Mädchen ihm die Antwort zurief: »Ich möchte fliegen, weil ich mal als V angefangen hab!« Es wurde fast windstill. Der Wind legte sich flach auf seinen Bauch und betrachtete das Mädchen eindringlich. Es war ein reizendes Mädchen, eine leicht gebogene Haltung, zarte grüne Blätter und einige bläuliche Knospen. Wie konnte dieses Mädchen einst ein Pfau gewesen sein?, dachte der Wind. Das Mädchen erkannte seinen nachdenklich wirkenden Blick und fragte: »Glaubst du mir nicht?« Der Wind schüttelte seinen Kopf. »Noch glaube ich dir nicht. Beweise mir, dass du ein Pfau warst.«"

Unser Wort schmunzelte. Sie musste an Esel denken, der für einen gut geführten Beweis wohl alles getan hätte. Sie hatte die Kontrolle über ihre Geschichte bereits verloren. So, wie auch die Worte im Publikum lauschten, belauschte sie sich selbst. Irgendwo in den Tiefen ihres Geistes ahnte sie zwar, wohin die Geschichte gehen könnte, doch wusste sie nicht, ob sie dieses Ziel auch erreichen würde. Alle Fäden mussten ineinander gelegt werden, alle offenen Fragen gelöst. Gespannt auf die eigenen Wörtchen, erzählte sie weiter:

„»Abgemacht«, antwortete das Mädchen und begann zu beweisen: »Ein V kann nicht fliegen. Das ist unsere Grundannahme. Können wir uns darauf einigen?« Der Wind nickte. »Ja, das können wir wohl, ein Pfau kann nicht fliegen.« Das Mädchen fuhr fort: »Also, ein V kann nicht fliegen. Doch hat ein V zwei wunderschöne Flügel, einer auf der linken und einer auf der rechten Seite, unten treffen sich die beiden. Weil diese Flügel immer in die Höhe gestreckt sind, macht es den Eindruck, als wolle das V jeden Augenblick losfliegen. Kannst du mir soweit folgen?« – »Bisher folge ich dir überall hin«, sprach der Wind. Das Mädchen fuhr fort: »Gut, doch steht halt fest, dass ein V nicht fliegen kann, es aber gerne möchte, nichts lieber als das. Was bin ich?« – »Ein Mädchen«, sprach der Wind. »Genauer?« - »Eine Blume«, versuchte er es erneut. »Genauer?« – »Ich weiß es nicht.« Das Mädchen musste antworten: »Ich bin ein Veilchen. Mit was fange ich an?« Der Wind überlegte kurz und antwortete dann: »Mit einem V.« – »Aha«, stieß das Mädchen hervor. »Ich fange mit einem V an. Einst war ich ein V. Weiter möchte ich dich fragen, was ein Veilchen so macht.« – »Also frag!«, sprach der Wind. »Was macht ein Veilchen so?«, fragte sie. »Ein Pfeilchen fliegt, sofern es einen Bogen hat«, antwortete er. »Habe ich einen Bogen?« Der Wind nickte. »Dein krummer Stängel ist mir sofort aufgefallen, ja, du hast einen Bogen«, sprach der Wind. »Ich habe also einst als V angefangen. Ein V möchte fliegen, kann es aber nicht. Ich bin ein Veilchen und will auch fliegen, kann es aber nicht. Ich will fliegen!!!«“

Unser Wort rief die Wörtchen des Mädchens laut und kräftig, voller Selbstbewusstsein. Sie hatte vergessen, bei den Wortspielen zu sein. Sie war ganz in ihrer Erzählung, verband das schon Erzählte mit dem noch zu Erzählenden und strickte dabei eine Geschichte, die sie nie vergessen würde. Fasziniert erzählte sie weiter:

„»Warum kannst du denn immer noch nicht fliegen? Es muss doch schon so einige Zeit vergangen sein, seitdem du ein Pfau warst, und du kannst es immer noch nicht?«, fragte der Wind. »Doch, ich kann es. Ich habe einen Bogen, bin ein Veilchen, ich brauche nur dich, den Wind, der mich trägt.« – »Ach so«, sprach der Wind. »Warum sagst du das nicht gleich, spring auf.« Das Mädchen sprang auf und flog vom Wind getragen ins Ziel.“

Unser Wort verstummte und hatte dabei ein Gefühl wie tausend Schmetterlinge in ihrem Bauch. Das war es, dachte sie. Das war das Ende. Sie öffnete ihre Augen und genoss diese eine Sekunde der Stille. Sie saß auf dem roten Ledersessel, der so bequem war, dass sie es schon jetzt bedauerte, bald wieder aufstehen zu müssen. Auf der rechten Seite stand der kleine Tisch, der so gekonnt aus Mahagoni gefertigt war. Ihr Wasserglas stand ungerührt. Jetzt etwas trinken zu wollen erschien ihr lächerlich. Sie erinnerte sich an die Geschichte von der Schlange und der Zeit und Sophie, die von den Hufen erzählt worden war. Es gab Märchen, die dir so fantastisch erscheinen, dass du nicht mehr weißt, wo das Märchen endet und dein Leben beginnt. Du musst dann entscheiden, ob es sich lohnt, so tief in die Geschichte einzutauchen. Sie hatte gedacht, die Hufe meinten das Leben, das wie eine lange Geschichte war und jedem Wesen eine andere Geschichte zuwies. Jetzt hatte sie aber auch die zweite Bedeutung der

Geschichte verstanden. Unser Wort war in die von ihr soeben erzählte Geschichte vollkommen eingetaucht. Um sie herum hatte es nichts mehr gegeben, sondern nur noch das Mädchen und den Wind, die sich miteinander unterhielten. Die Geschichte wurde für die kurze Dauer des Erzählens zu ihrem Leben. Auch solche Geschichten gab es also und unser Wort war sich sicher, dass diese das Eintauchen wert war. Dann war die Sekunde vorbei und die Geräusche kehrten zurück. Es war eine langsame Rückkehr. Unser Wort nahm das Rascheln im Publikum wahr, das leise Flüstern. Geklatscht wurde nicht. Es war, als warteten die Worte auf jemanden, der ihnen sagte, was als Nächstes zu tun war. Diese Rolle konnte nur einer übernehmen. Wortgewandt stand unbewegt an seinem Platz und blickte auf unser Wort. Dann hob er langsam das Mikrofon und flüsterte:

„Das hast du schön gemacht."

Die Hufe waren die Ersten, die gegeneinander klopften und dabei so etwas Ähnliches wie ein Klatschen erzeugten. Das Publikum stimmte schon bald mit ein. Unser Wort musste lachen. Was für ein Stein war das, der jetzt von ihrem Herzen fiel. Sie war so erleichtert. Sie hatte sich nicht die Blöße geben müssen, keine Geschichte erzählen zu können, sie hatte eine erzählt und nicht die schlechteste, wie sie meinte. Wortgewandt richtete sich wieder an das Publikum:

„Kommen wir zur letzten Abstimmung des Abends."

Der Gong ertönte und die Platzlichter im Amphitheater leuchteten auf. Unser Wort konnte zum ersten Mal von der Bühne aus das Publikum sehen. Sie alle saßen da auf ihren Stühlen, die sich auf einen Punkt hin ausrichteten. Der Punkt war sie selbst, die nicht glauben konnte, was für einen Abend sie da erlebte. Dann ertönte der zweite Gongschlag. Alle Kerzen gingen aus, nur die Bühne war noch erleuchtet. Es dauerte eine Zeit, bis unser Wort vier weiße Hände am Bühnenrand ausmachen konnte. Die beiden Zahlen kletterten den Absatz hinauf, stellten sich in die Mitte der Bühne und riefen:

„49, 49, 49!“

Wortgewandt war die Enttäuschung anzusehen.

„49 Punkte für das Wort aus dem Publikum. Eine ansehnliche Leistung. Ich muss sagen, meine Kerze hätte beim zweiten Gongschlag noch gebrannt“, sagte er.

Unser Wort blieb auf ihrem Sessel sitzen und nahm jetzt endlich einen kräftigen Schluck Wasser. 49 Punkte, insgeheim hatte sie sich mehr erhofft, doch was machte das schon?

„Kommen wir zur Siegerehrung!“, sprach Wortgewandt in das Mikro.

„Gladiatoren!“

Trommelwirbel ertönte, worauf ein Gladiator nach dem anderen auf die Bühne trat. Das Publikum applaudierte heftig. Auch die Hufe hatten sich eingereiht. Das Huhn trug noch immer sein Ei in Händen.

„Mit 85 Punkten, doch in der zweiten Runde ausgeschieden, auf dem dritten Platz“, rief Wortgewandt, „die“, er zog die Wörtchen in die Länge, „Würde!!!“

Eine elegant gekleidete Frau trat aus der Reihe der Gladiatoren auf Wortgewandt zu. Sie trug ein schwarzes Abendkleid mit weißen Handschuhen. Kerzengerade stand sie auf der Bühne. Ihr Beitrag war nicht schlecht gewesen, dachte unser Wort. Sie hatte von einem Geschichtsforscher berichtet, der auf der Suche nach seinen Ahnen einen Stammbaum hinaufgeklettert war. Der Geschichtsforscher wollte das Problem an den Wurzeln anpacken, was sich da oben natürlich als äußerst schwierig erwies.

Wortgewandt gab ihr zwei Küsse auf die Wangen und setzte ihr einen bronzefarbenen Lorbeerkranz auf. Dann war das Huhn an der Reihe. Es flatterte auf Wortgewandt zu, der den silbernen Lorbeerkranz schon bereithielt. Der Kopf des

Huhns war viel zu klein, worauf der Kranz um den Hals fiel und zur Kette wurde. Mit stolzer Brust stand das Huhn auf der Bühne und genoss den Applaus des Publikums.

„Der Sieger der diesjährigen Wortspiele!“, sprach Wortgewandt laut und kräftig.

„Ich bitte um einen riesigen Applaus für – die Hufe!!!“

Die Hufe flogen in die Luft und arrangierten sich so lange, bis der goldene Lorbeerkranz auf ihrem Haupt Halt fand. Das Publikum toste.

„Dann bleibt jetzt nur noch eins zu sagen!“, kämpfte Wortgewandts Stimme gegen den Lärm an.

„Ich freue mich auf die Spiele im nächsten Jahr! Die Wortspiele 2009 erkläre ich für beendet!“

Von einem Moment auf den anderen verstummte der Applaus. Die Gladiatoren verließen die Bühne. Die Worte verließen das Theater. Die Gladiatoren verließen das Theater.

Sie alle gelangten durch den Tunnel zu dem Loch durch die Türen auf den Platz in die Stadt und von dort aus in die Kälte der Nacht.

Unser Wort und die Echse standen allein auf der Bühne, ja eigentlich war es so, dass Wortgewandt allein auf der Bühne stand. Unser Wort saß wie zuvor in dem Ledersessel und dachte darüber nach, wie schnell sie dann doch vergangen waren, die Wortspiele. Es war seltsam, da zu sitzen. Unser Wort fühlte sich wie ein Gastgeber, der eine große Party veranstaltet hat, und jetzt, nachdem alle Gäste gegangen waren, noch eine Weile dasitzt, bevor er mit dem Aufräumen beginnt. Doch war unser Wort kein Gastgeber, sie war Gast. Der Gastgeber stand nur wenige Meter von ihr entfernt und ließ seinen Blick über die leeren Ränge schweifen.

„Du hättest gewinnen müssen", sprach die Echse.

Unser Wort sagte nichts.

„Deine Geschichte war besser als die der anderen."

„Und warum haben die Worte dann ihre Kerzen ausgepustet?", fragte sie.

Wortgewandt drehte sich zu ihr um.

„Weil sie nicht begriffen. Das Publikum begriff nicht, wo ein Wort ohne Namen eine solche Geschichte herholen konnte. Und weil es für sie nicht möglich war, machten sie es unmöglich, sie bliesen ihre Kerzen aus."

„Aber nicht alle Worte taten das. Einige Kerzen blieben an", sagte unser Wort.

„Das ist richtig." Die Echse nickte.

„Nicht alle Worte sind so kurzsichtig. Weißt du, welche Worte ganz sicher ihre Kerzen ausgepustet haben?"

„Nein", antwortete sie.

Die Echse drehte sich zu den Sitzreihen. Seine schuppige Hand kam aus dem Gewand zum Vorschein. Mit ihr deutete er auf die ersten Reihen, die mit Sesseln und nicht mit einfachen Stühlen ausgestattet waren.

„Die da. Die ach so wichtigen Worte, mit ach so viel Bedeutung. Wertschätzung, Hochmut, Beflissenheit. Die können es doch nicht ertragen, ein Wort ohne Bedeutung gewinnen zu sehen. Nein, die haben ihre Kerze schnell ausgepustet, als sie merkten, dass von dir da doch eine ganz ansehnliche Geschichte gespannt wurde. Sie verstanden nicht, wie das möglich war, und hätten doch am liebsten die Würde mit dem goldenen Lorbeerkranz ausgezeichnet gesehen. Für sie zählt nicht die Qualität einer Geschichte, es zählt nur, wer die Geschichte erzählt."

„Es war komisch", begann unser Wort und ergänzte:

„So richtig habe ich noch nicht verstanden, wie es möglich war. Als der Gong ertönte, habe ich versucht, mich auf das zu besinnen, was du zu mir gesagt hattest. Ich versuchte die Fantasie in mir zu finden. Es war aber nicht so, dass ich zu ihr kam, sie kam zu mir. Plötzlich tauchten Wörtchen vor mir auf, mit denen ich nichts anzufangen wusste, die aber doch aus meinem Mund sprudelten und eine Geschichte vor mir ausbreiteten. Immer, wenn ich zu einem Punkt kam, an dem sich die Geschichte verrennen konnte, lenkte ich sie wieder auf die rechte Bahn, bis – bis ich es wusste. Ich war fertig."

Wortgewandt schien zufrieden. Er nickte.

„Genau so ist es. Wenn man nicht auf der Suche nach ihr ist, wird dich die Fantasie auch nicht finden. Wenn man es nie versucht, fantastisch zu erzählen, wird man ihr nie begegnen. Man muss auf der Suche sein. Manchmal will man aufgeben, man denkt, sie verloren zu haben, dass die Zeit vorbei ist, doch dann, am Ende, findet sie dich. Man muss nur lange genug warten und geduldig sein. Das ist das Wichtigste, geduldig zu sein."

Eine Sehnsucht legte sich auf sein Gesicht. Er sprach, als wartete er noch immer auf seine Fantasie.

„Jedes Wort birgt einen Schatz in sich, seinen Sinn. Es ist aber nicht nur unser Name, der uns Sinn gibt. In uns steckt noch ein viel größerer Schatz, von dem wir zehren können. Heute hast du einen Eindruck von diesem Schatz bekommen. Wenn du also jemals darüber verzweifelst, deinen Sinn verloren zu haben, denke immer daran, dass du viel mehr in dir trägst, als du denkst."

Eine Frage brannte unserem Wort schon die ganze Zeit auf der Seele und jetzt war der richtige Zeitpunkt, sie loszuwerden.

„Als du mich auf die Bühne geholt hast und mich nach meinem Namen fragtest, habe ich geantwortet, dass ich keinen Name habe. Du meintest darauf, dass ich ihn nur vergessen habe. Woher wusstest du das?"

Unser Wort schaute auf die Echse, die mit ihrem glatt hinabfallenden Gewand dastand, den lila Zylinder auf ihrem Kopf.

„Ich wusste es nicht", sagte er.

„Was heißt, du wusstest es nicht?", fragte unser Wort.

„Es ist komisch, dass ich dir das jetzt sage. Vor langer Zeit einmal wäre es das Letzte gewesen, das ich jemandem anvertraut hätte. Aber jetzt spielt es eigentlich keine Rolle mehr."

Unser Wort war neugierig.

„Was ist es?", fragte sie.

Die Echse sprach:

„Noch vor einigen Jahren war ich ein sehr guter Gladiator. Dreimal in Folge habe ich die Wortspiele gewonnen."

Unser Wort konnte sich erinnern. Die Hufe hatten etwas Ähnliches gesagt.

„Wenn ich auf der Bühne stand, erschien es dem Publikum so, als könnte ich aus einem Fass ohne Boden schöpfen, als hätte ich wirklich die Fantasie gefunden und nicht sie mich. Doch es war nicht so. Ich hatte nicht mehr Fantasie als andere, sie kam nicht häufiger zu mir als zu anderen. Doch eine Sache half mir. Ich war immer in der Lage, jemandem genau das zu sagen, was er hören wollte. Ich vermischte also die paar Ideen, die zu mir kamen, mit den Wünschen meiner Zuhörer und da waren sie, die Geschichten, die mir zu großen Siegen verhalfen."

„Was ist passiert?", fragte unser Wort.

„Es kamen keine Ideen mehr. Ohne gute Ideen half es mir auch nicht zu wissen, was die Worte gern hören wollten."

Unser Wort verstand.

„Also wartest du noch immer auf die Fantasie, die irgendwann zu dir zurückkommt?"

„Nein", sprach Wortgewandt. „Das Kapitel habe ich hinter mir gelassen. Ab und zu bin ich zwar noch Gastgeber der Wortspiele. Ich weiß, wie viel sie den Worten bedeuten und dann bin ich froh, noch immer ein Teil von ihnen sein zu können. Doch ich werde an ihnen nicht mehr teilnehmen. Die Zeiten sind vorbei."

Er zögerte kurz, ergänzte dann aber noch:

„Ich habe etwas Besseres gefunden."

Unser Wort konnte das nicht glauben. Wie konnte es etwas Besseres geben als das Gefühl, vor so vielen Worten eine Geschichte zu entwerfen? Dann dachte unser Wort daran, wie es sich wohl angefühlt hatte, als Wortgewandt einsehen musste, dass er mit seinen Geschichten, die zuvor so viele Worte begeistert hatten, kein einziges mehr einzufangen vermochte. Es war verständlich, dass er sich zurückzog und behauptete, etwas Besseres gefunden zu haben.

„Was soll das sein?", fragte sie ohne eine gute Antwort zu erwarten. Die Antwort fiel aber anders aus als gedacht.

Wortgewandt blickte sie fest an, wartete eine Weile und sagte dann:

„Wenn du es wirklich wissen willst, kann ich es dir morgen zeigen. Du wirst mich danach besser verstehen. Aber du brauchst Mut dazu, gerade du noch viel mehr als jedes andere Wort."

Sie begegnete seinem Blick. Von dem Ernst in seiner Stimme überrascht, antwortete sie:

„Was habe ich sonst zu tun?"

Wortgewandt schmunzelte. Er setzte sich in den Sessel neben ihr und stellte die Lehne zurück. Noch eine ganze Weile unterhielten sie sich. Wortgewandt erzählte ihr von früher. Er erzählte von den Geschichten, die er vorgetragen hatte und den gefeierten Triumphen. Über die Dinge, die er ihr am nächsten Tag zeigen wollte, sagte keiner von ihnen mehr ein Wörtchen. So redeten sie bis spät in die Nacht hinein. Die Kerzen auf der Bühne brannten nieder, sodass die Dunkelheit die beiden Worte umschloss. Von den fantastischen Geschichten der Wortspiele träumend, schliefen sie tief und fest.

Neun

Ein beflügeltes Wort

Unser Wort öffnete ihre Augen und erschrak. Für einen kurzen Moment wusste sie nicht, wo sie sich befand. Dann kam die Erinnerung zurück, die auch einem Traum hätte entspringen können. Sie hatte an den Wortspielen teilgenommen und saß jetzt inmitten des Amphitheaters in dem roten Ledersessel, auf den noch am Abend zuvor die Augen Tausender von Zuschauern gerichtet gewesen waren. Noch immer schlaftrunken, drehte sie sich auf die rechte Seite, um zu sehen, ob Wortgewandt wirklich neben ihr lag. Der Platz war leer, doch sprach eine Stimme hinter ihr:

„Ich bin hier."

Unser Wort gähnte ausgiebig, zupfte sich ihre Kleidung zurecht und stand dann auf. Hinter den beiden Sesseln konnte sie die Echse an einem kleinen, runden Tisch sitzen sehen. Der Tisch war reich gedeckt. Es gab einen Korb mit Brötchen, verschiedene Sorten Marmelade, goldgelben Honig, Zuckerrübensirup und vieles mehr.

„Wow", sagte sie. „Das sieht ja toll aus."

„Ja, komm, setz dich. Es ist alles vorbereitet", sprach die Echse.

Dies ließ sich unser Wort nicht zweimal sagen. Es war ja schließlich schon eine ganze Weile her, seitdem sie etwas gegessen hatte. Das Letzte, an das sie sich erinnern konnte, waren die Plätzchen von Verrückt, oder war es Kuchen gewesen, sie wusste es nicht mehr so genau. Jedenfalls hatte sie ganz schön Appetit.

„Guten Morgen“, sagte sie noch aus Gründen der Höflichkeit, nahm sich dann aber schon eines von den Brötchen und bestrich es großzügig mit guter Butter und Rübenkraut. Es schmeckte vortrefflich. Unser Wort probierte sich durch die verschiedenen Aufstriche, bis sie sich pappsatt auf ihrem Sessel zurücklehnte.

Wortgewandt sagte während der ganzen Zeit gar nichts, so als wüsste er, dass unser Wort die Stille des Morgens genoss und nichts gesagt zu werden brauchte. Jetzt, wo sie fertig war, durchbrach unser Wort das Schweigen:

„Das war wirklich gut. Wo hast du denn das ganze Frühstück aufgetrieben?“

„Ich bin in Sprachen aufgewachsen. Die Gänge sind gut verzweigt. Wenn man sich aber in ihnen auskennt, kann man schnell zu den verschiedensten Orten der Stadt gelangen“, antwortete er.

Wortgewandt blickte unser Wort eine Zeit lang an, dann sagte er:

„Nach dem Frühstück werde ich wieder nach Hause zurückkehren. Wenn du immer noch willst, dass ich dir zeige, was besser als die Wortspiele ist, musst du mit mir kommen. Aber ich will dich noch einmal warnen. Was ich dir zeigen möchte ist wunderschön, doch es wird dir nicht leicht fallen.“

Unser Wort goss sich gerade noch eine Tasse Kakao nach.

„Warum die Geheimniskrämerei? Sag mir doch einfach, was mich erwartet“, sprach sie.

Die Echse schüttelte den Kopf.

„Das kann ich nicht. Ich will gern, dass du mitkommst. Wenn ich dir jetzt sagte, was es ist, bin ich mir sicher, du bleibst hier.“

Unser Wort trank in zwei großen und drei kleinen Schlucken den Kakao aus und sagte bestimmt:

„Dann lass uns los. Ich begleite dich."

Wortgewandt stand auf.

„Ich wäre soweit."

Unser Wort grinste und sprang ebenfalls auf.

„Auf ins Abenteuer!", rief sie und ihre Stimme hallte dabei durch das Amphitheater.

So verließen die beiden den Saal. Den Tisch ließen sie auf der Bühne zurück. Wortgewandt war sich sicher, dass noch der ein oder andere Bedienstete auf das Frühstück aufmerksam werden würde und sich über eine ordentliche Mahlzeit freute. Unser Wort und die Echse schritten durch den Eingangsbereich und standen wieder im silbern schimmernden Haupttunnel, der von Kerzenlicht erleuchtet war. Wortgewandt drehte sich zu unserem Wort um.

„Du hast ja selbst schon gesehen, dass der Haupttunnel hier nicht der einzige ist. Es gibt zahlreiche Nebentunnel, die ein Netz unter der Stadt bilden. Das ist noch nicht alles. Einige Tunnel führen sogar noch weiter als bis an die Stadtgrenze. Von diesen kennt man nur wenige. Ich bin mir sicher, viele sind noch immer unbekannt. In all den Jahren habe ich nämlich immer mal wieder einen neuen Tunnel entdeckt. Einst fand ich auch denjenigen, der mich zu meinem neuen Daheim führte. Er ist nicht einfach zu finden, aber glaube mir, als ich sah, wohin er mich führte, wusste ich, dass ich ihn nie wieder vergessen würde. Folge mir einfach."

Unser Wort sagte nichts, nickte nur. Noch eben am Tisch war sie voller Selbstbewusstsein gewesen. Als sie jetzt aber im Tunnel stand, überkam sie die Erinnerung an das Karnickel und das Gefühl der Hilflosigkeit. Sie kannte das Labyrinth nicht. Wortgewandt marschierte los und unser Wort tat alles darum, dicht an seiner Seite zu bleiben.

Zuerst waren die Gänge gut ausgebaut. Es dauerte aber nicht lange, bis sie nach einigen überwundenen Abzweigungen schmaler wurden. Die Stille betrübte sie. Nur das hallende Auftreten auf dem Boden war zu hören. Nach einiger Zeit kamen sie in einen Gang, dessen Decke feucht war. Einzelne Wassertropfen fielen unserem Wort auf die Nase. An Wortgewandts Zylinder perlten sie ab. Irgendwann blieb die Echse stehen. Sie schaute auf unser Wort und sagte:

„Jetzt wird es schwierig."

„Was ist los?", fragte sie.

„Noch ein paar Hundert Meter und wir müssen ohne Kerzenlicht auskommen."

Unserem Wort war schon aufgefallen, dass Kerzen immer vereinzelter an den Wänden hingen. Bisher hatte sie sich aber gegen den Gedanken gewehrt, dass sie ganz auf Licht verzichten müssten.

„Jeder von uns kann zwar eine Kerze von der Wand mitnehmen, aber die Gänge werden immer schmaler. Bald müssen wir sogar kriechen. Dann können wir keine Kerzen mehr tragen."

„Aber du kennst den Weg?", fragte sie.

„Ja, keine Sorge, wir kommen schon an. Ich bin den Weg noch nie zu zweit gegangen, bleib nah bei mir, ich will dich nicht verlieren. Wir machen es so. Wenn wir zu den Gängen kommen, in denen wir nicht mehr stehen können, krieche ich vor und du versuchst dich an meinem Gewand festzuhalten. Dann kommen wir zwar nur langsam voran, aber das ist mir lieber als ohne dich anzukommen."

Unser Wort nickte.

„So machen wir es", sagte sie.

Als sie den Gang durchquert hatten, war es soweit. Sie passierten die letzte Kerze. Wortgewandt nahm sie von der Wand und ging auf die Dunkelheit zu, der er mit dem Licht der Kerze etwas von ihren Geheimnissen rauben konnte. Es war ein langer Gang. Unserem Wort kam es so vor, als wäre es der längste, den sie bisher gegangen waren, doch stimmte dies nicht. Der Haupttunnel war viel länger, doch hatte sich in ihren Gliedern bereits Erschöpfung breitgemacht. Mit jedem Schritt, den sie in den Gang hineintraten, wurde er enger. Mit seinem Zylinder passte Wortgewandt noch gerade so durch. Dann standen sie vor einer Abzweigung. Auf beiden Seiten war ein Loch in den Fels geschlagen worden, das eine war aber mindestens doppelt so groß wie das andere. Wortgewandt deutete auf das kleinere Loch.

„Ab hier müssen wir kriechen."

Er stellte die Kerze beiseite und nahm auch seinen Zylinder ab, den er sorgfältig gegen die Felswand lehnte. Unser Wort sah den kahlen, schuppigen Kopf der Echse. Die spitzen Ohren standen in verschiedene Richtungen ab, so als registrierten sie alles, was um sie herum geschah. Irgendwie passte dieses Wort in das Wirrwarr von Gängen und Tunneln. Unser Wort hatte fast den Eindruck, als führte die Echse sie nicht etwa erst nach Hause, sondern als wären sie schon längst da und machten eine Hausbesichtigung.

„Wie konntest du in diesem Labyrinth nur versteckte Tunnel finden?", fragte sie ihn.

Wortgewandt drehte sich nach ihr um.

„Wenn du lange genug suchst, kannst du alles finden. Mach dir keine Sorgen."

Die Echse ließ sich nach vorne fallen und landete auf Händen und Füßen, die er als Pfoten benutzte. Unser Wort ging auf die Knie und hielt sich an seinem Gewand fest. Sie krochen durch das kleine Loch und waren im nächsten Moment von Dunkelheit umschlossen. Vorsichtig ein Knie vor das nächste setzend, kam unser Wort voran. Sie hatte Mühe das Gleichgewicht zu halten, denn mit einer Hand musste sie das Gewand der Echse greifen. Es kam ihr vor wie eine Ewigkeit, eine dunkle Ewigkeit, bis Wortgewandt nach mehreren Links- und Rechtskurven plötzlich stehen blieb.

„Hier ist es“, sprach er ein bisschen zu laut, da sich ihre Ohren schon so gut an die Stille gewöhnt hatten.

„Wo?“, fragte sie.

Sie tastete in alle Richtungen, konnte aber nur Felswand spüren. Hinter ihr war der bereits zurückgelegte Weg, vor ihr der Stoff des Gewands, den sie noch immer nicht loszulassen wagte.

„Genau über uns befindet sich ein Loch. Ist dir nicht aufgefallen, dass es ein bisschen heller geworden ist?“, fragte die Echse.

Unserem Wort war es nicht aufgefallen und selbst jetzt, wo sie sich darauf konzentrierte, war sie unsicher, ob es ihr wirklich auffiel. Wortgewandt könnte Recht haben, dachte sie. Sie meinte, etwas von der Silhouette seines Gewands sehen zu können, doch verschwamm die Silhouette im nächsten Moment wieder.

„Was jetzt?“, fragte sie.

„Ich werde zuerst gehen. Vom Eingang des Loches aus ziehe ich dich hoch. Du musst deinen Körper zwischen den Wänden des Loches einklemmen und dich dann langsam hoch drücken. Es sind ungefähr fünfzehn Meter, dann haben wir es geschafft. Hast du das verstanden?“, fragte er in die Dunkelheit hinein.

„Ja“, sagte sie.

Die Echse wollte gerade zum Klettern ansetzen, als unser Wort ihn an seinem Gewand zog.

„Halt!“

Wortgewandt wartete.

„Was ist?“, fragte er.

„Was erwartet mich da oben?“

Die Echse zögerte kurz, antwortete aber dann:

„Wenn wir oben ankommen, musst du tapfer sein. Denke daran, dass jede Medaille zwei Seiten besitzt und es sich immer lohnt, beide zu betrachten. Vertraue mir."

Langsam ließ unser Wort das Gewand los. Die Echse kletterte anscheinend mühelos die Wand hinauf und verschwand im Loch. Ein Arm streckte sich ihr aus dem Loch entgegen. Sie konnte den Arm nicht sehen. Als er aber anfing, ihr Gesicht zu tätscheln, ergriff sie ihn und zog sich mit einem Ruck nach oben.

„Klemm dich zwischen die Wände."

Sie tat wie ihr geheißen und schob sich langsam den Gang hoch. Schweißperlen sammelten sich auf ihrer Stirn. Nur mühsam kam sie voran, unsicher, ob denn das, was sie oben erwartete, überhaupt der Mühe wert war. Jetzt wusste sie, dass die Echse Recht hatte. Um sie herum erschienen Silhouetten, die immer deutlicher zu erkennen waren. Es wurde tatsächlich heller.

Langsam schob sie sich weiter. Durch die Beine der Echse konnte sie die Öffnung sehen. Sie sah aus wie ein grüner Punkt, der hell leuchtete.

„Das Gras bedeckt den Eingang", sagte Wortgewandt, während er sich weiter auf den grünen Punkt zuschob.

„Gleich haben wir es geschafft."

Unserem Wort wurde es mulmig zumute und obwohl sie sich nur sehr langsam fortbewegte, verringerte sie das Tempo noch. Doch all dies half nichts, denn nach kurzer Zeit hingen sie genau unter den Wurzeln des Grases, das die Öffnung bedeckte. Wortgewandt öffnete sie und ein gleißendes Licht traf unserem Wort in die Augen, so dass sie blinzeln musste. Als sich ihre Augen an das Tageslicht gewöhnt hatten, war die Echse verschwunden. Sie griff in das Gras und zog sich durch die Öffnung an die Oberfläche. Unser Wort erhob sich und blickte sich um.

Sie stand auf einer großen Wiese inmitten eines Tages, auf dem die Sonne ihr Licht wie Schminke hinterließ und ihn dadurch erst ansehnlich machte. Noch konnte sie nichts Bedrohliches sehen. Sie drehte sich in alle Richtungen, bis ihr Blick von einem kleinen Hügel gefangen genommen wurde. Wenn man sich jetzt wundern sollte, wie denn so ein kleiner Hügel einen Blick gefangen nehmen kann, muss man dazusagen, dass der kleine Hügel einen guten Köder benutzte, denn auf ihm stand ein Vogel, ein Kolibri. Der Kolibri stand nicht nur auf dem kleinen Hügel, er stand sogar in der Luft, seine Flügel so schnell auf- und abschlagend, dass man sie schon gar nicht mehr sehen konnte. Gerade auch weil unser Wort den Kolibri nur von hinten sah und auch dies nicht so genau, ging unser Wort auf den Hügel zu. Was mochte wohl dahinter liegen? Schritt für Schritt näherte sie sich dem Vogel und jeder Schritt offenbarte ihr dabei mehr Details. Sie erkannte, dass das Rückengefieder des Vogels metallisch-grün schimmerte, der Hals aber im Ansatz glänzend rot war. Nun war sie nur noch zehn Meter von ihm entfernt und so konnte sie auch die Flügel grün schimmern sehen. Die Federn bewegten sich zwar unglaublich schnell – unser Wort konnte durch sie hindurchsehen – doch verschwanden sie nicht komplett. Auf beiden Seiten umschlossen die Federn der Flügel ein kleines Stöckchen, welches vom Kolibri gekonnt durch die Luft geschwungen wurde. Plötzlich drehte sich der Vogel zu unserem Wort um und blickte für einen Bruchteil einer Sekunde mit seinem an der Spitze nach oben gebogenen Schnabel auf sie hinab. Die beiden Stöckchen tanzten in der Luft. Unserem Wort wurde schwindlig. Sie hatte ein Gefühl, als verliere sie den Boden unter ihren Füßen, oder vielleicht war es nicht der Boden, den sie verlor, sondern eher die Kontrolle, ja, sie hatte die Kontrolle über ihre Füße verloren. Eine Hitzewelle durchströmte ihren Körper und pochte, pochte im Rhythmus der Auf- und Abbewegungen der Flügel, der Stöckchen, die der Kolibri schwang. Jetzt wusste unser Wort, was geschah, doch verstand sie es nicht. Der Vogel dirigierte sie. Sie kämpfte gegen den Drang an, doch hatte sie die Kontrolle über ihren Körper längst verloren. Im Rhythmus der Dirigierstäbe eilte sie den Hügel hinauf. Der Blick des Kolibris folgte ihr dabei und bewegte die Stäbe auf und ab, bis unser Wort ganz oben auf dem Hügel neben ihm stand. Dann ließ er die Flügel sinken und ließ unser Wort für einen kurzen Moment auf dem Hügel neben ihm stehen.

Ihr Körper bebte. Das war es also, was Wortgewandt vor ihr geheim gehalten hatte, hätte sie gedacht, wenn die Angst, die sich ihrer komplett bemächtigte, nicht jeden Gedanken unmöglich gemacht hätte. Hinter dem Hügel lag ein kleines Tal, in dem sich eine beachtliche Anzahl von Worten tummelte. Es waren lange nicht so viele wie im Fluss oder an dem Eingangsbereich zu den Wortspielen, doch immerhin genug, um in dem Tal ein kleines Chaos zu ermöglichen. Doch es gab kein Chaos. Alle Worte waren in eigentümlicher Weise richtig platziert, so als hätte ein professioneller Raumplaner sie genau dort hingestellt, wo sie am meisten Sinn machten. Die Worte im Tal blickten erwartungsfroh zu dem Kolibri auf, der ihnen durch das simple Schwenken zweier Dirigierstäbe genau sagen würde, was zu tun sei. All dies sah unser Wort, doch nahm sie es nicht richtig wahr, da es einfach nicht zu dem passte, was ihren Blick in Anspruch nahm. Sie war fixiert auf einen einzigen Punkt im Tal. Der Punkt befand sich hinter den Worten auf einer Anhöhe. Irgendwo in ihrem Gedächtnis regte sich eine Erinnerung, die sie nicht klar umreißen konnte, ihr aber in diesem Moment zur grausamen Gewissheit wurde. Sie hatte die Szene schon einmal gesehen. Sie wusste, was da auf der Anhöhe stand. Sie wusste, dass die beiden Schläuche, die da kerzengerade standen, Stimmbänder

waren, und dass, würde sie nichts unternehmen, es eine Tragödie geben würde.

„Lauft!“, schrie sie aus Leibeskräften, doch niemand reagierte.

„Oh Gott, lauft doch!“

Unbewegt standen die Worte an ihren Plätzen und blickten zum Kolibri. Ihre Gesichter strahlten vor Zufriedenheit. Als sie merkte, dass die Worte nicht reagierten, wandte sie sich selbst ab, um zurück in den Tunnel zu fliehen. In diesem Moment riss der Kolibri seine Flügel wieder in die Lüfte, blickte mit dem an der Spitze nach oben gebogenen Schnabel auf unser Wort und dirigierte. Unser Wort hätte es fast von den Beinen gerissen. Mit aller Macht kämpfte sie gegen den Drang an, doch gehorchte ihr Körper nicht mehr. Im Takt der Dirigierstäbe drehte sie sich wieder um und lief mitten in das Tal, das jetzt voller Bewegung war. Die Worte tanzten in Kreisen und Schleifen wild durcheinander, doch kamen sie sich dabei nicht gegenseitig in die Quere. Der Kolibri lenkte sie immer zu dem Platz, der von einem anderen Wort gerade verlassen worden war. Unser Wort wurde Teil der Bewegung, doch kämpfte sie noch immer gegen den Drang, viel mehr noch, als sie nun sah, was auf der Anhöhe geschah. Die beiden Schläuche standen da und rührten sich nicht, sie dehnten sich nicht und es gab auch keinen Sog. Dies war auch gar nicht nötig, denn, gab es im Tanz der Worte auch Kreise und Schleifen, so hatte der Tanz doch ein Ziel. Die Bewegung der Worte führte genau auf die Stimmbänder zu. Sie sprangen freiwillig in den Schlund zwischen den Bändern oder wurden von den unbegreiflichen Kräften des winzigen Kolibris dazu getrieben.

Mit aller Macht stemmte sie sich gegen die Bewegung, die ihr aufdiktiert wurde. Mit vor Angst verzerrtem Gesicht blickte sie in die schwarzen Augen des Kolibris und rammte mit der Wucht ihrer eigenen Gegenbewegung in eine Gruppe von Worten, die gerade einen Kreis tanzten. Sie alle stürzten zu Boden und blickten zum Vogel auf. Dieser hatte abermals seine Flügel fallen lassen. Der Kolibri stand nicht mehr in der Luft, er stand auf dem Hügel und blickte unserem Wort unvermittelt in die Augen. Alle Bewegungen kamen zum Stillstand. Die Worte warteten auf weitere Anweisungen des Kolibris, doch gab es keine weiteren. Dann öffnete er seinen Schnabel.

„Du musst vertrauen“, sprach seine Stimme.

Unser Wort war wie gebannt. Woher kamen die Wörtchen? Sie war sich nicht sicher, ob sie aus dem Raum ringsherum auf sie trafen oder ob sie direkt in ihrem Ohr erzeugt wurden. Sie wusste, der Kolibri hatte etwas gesagt, doch maß sie dem Inhalt seiner Wörtchen weniger Bedeutung bei als deren äußerer Erscheinung, ihrem Klang. Die Wörtchen waren so klar und doch lenkte die Schönheit des Klanges unser Wort von ihrer Unmissverständlichkeit ab. So wartete sie, starrte auf den Vogel, wie auch die anderen Worte um sie herum, und hoffte auf einen weiteren Ton aus seinem Schnabel.

„Vertraue“, kam die Stimme zurück.

Unser Wort dachte nicht mehr an die Stimmbänder. Sie lauschte stattdessen dem Verklingen der letzten Tonfäden einer Stimme, die sich, so schien es, aus Noten formte, und in unserem Wort das Verlangen hervorrief, einem weiteren Lied aus dem Schnabel des rätselhaften Vogels zu lauschen. Doch hörte sie nichts mehr und war sich nicht einmal mehr sicher, ob sie jemals etwas gehört hatte. Der Kolibri schwang die Dirigierstäbe im Takt und beobachtete den Tanz der Worte, die sich soeben wieder in Bewegung setzten.

Vertraue, hatte der Vogel gesagt. Unser Wort musste an Wortgewandt denken. Die Echse hatte dasselbe gesagt. Noch immer von Angst erfüllt, bewegte sie sich auf die Stimmbänder zu. Sei es, weil sie gemerkt hatte, dass sich zu wehren nichts brachte, oder weil sie vom eigentümlichen Gesang des Vogels noch immer beschwingt war – jedenfalls wehrte sie sich nicht mehr. Sie hatte die Bänder schon einmal überlebt und sie würde es auch wieder schaffen. Mit diesen Gedanken tanzte sie auf die Stimmbänder zu und als die beiden vor ihr aufragten, schrie sie nicht etwa vor Entsetzen, nein, sie sprang todesmutig in den Schlund, der sich zwischen den Bändern vor ihr auftat. Dann wurde ihr schwarz vor Augen.

Als sie wieder zu sich kam, befand sie sich auf einer Wiese. Sie lag auf dem Rücken, Wolken zogen am Himmel vorbei. Von irgendwoher drang Musik an ihr Ohr. Eine Flöte spielte ein Lied, das von der Harfe begleitet wurde. Das Klingen von kleinsten Glöckchen stimmte mit ein. Es war eine Melodie mit vielen hohen Tönen, die aber von weichen, dumpfen Tönen unterlegt war. Die Melodie erfüllte unser Wort mit dem Bild des Kolibris und tatsächlich konnte sie ihn sehen. Da war eine weiße Wolke am Himmel, die genauso aussah wie der kleine Vogel.

Unser Wort spürte, wie sie vom Boden abhob. Ganz langsam stieg sie zu den Klängen der Harfe auf. Sie schwebte in den blauen Himmel und war selbst zur Wolke geworden, schwebte neben der Wolke, die die Gestalt des Kolibris hatte. Mit ihr flog sie durch die Luft. Alle Sorgen fielen von ihr ab. Sie wurde zu einem Teil der Musik. Sie flog weiter. Die Musik um sie herum wurde lauter, eindringlicher. Unser Wort verschmolz mit ihr und dann hörte sie, wie die Worte sangen. Alle Wolken um sie herum waren Worte, die mit ihr durch den Himmel flogen, die mit ihr zu einem Teil der Musik wurden. Sich im Rhythmus des Flötenspiels fortbewegten und sangen. Unser Wort vermochte es nicht, die einzelnen Worte zu hören, wie sie ihre Namen sangen, doch hörte sie das Große und Ganze. Sie lauschte dem Lied, das so klar in ihrem Geiste auftauchte. Sie musste nicht ihr Gehör gebrauchen, um es zu verstehen, sie musste nur auf den Fluss ihrer Gedanken achten, mit denen der Gesang der Worte vermischt war. Hatte sie die Wörtchen des Liedes aus dem Strom herausgefiltert, nahm sie die Stimmen der Worte in einer unberührten, makellosen Form wahr. In ihnen gab es keine Unebenheiten mehr. Schallwellen lassen sich brechen und lenken, die Welle eines Gedankens bleibt stets unbeeindruckt.

Immer wenn ein Wort seinen Namen sang, verpuffte die Wolke, die es war und es blieb nur ein Stück blauer Himmel zurück und die Ahnung, dass diese verschwundene Wolke, dieses singende Wort, ein Teil des Liedes war, das hier gesungen wurde. Ohne zu wissen, warum, wusste unser Wort nun, dass es jetzt auch für sie bald an der Zeit war zu singen. Sie öffnete ihren Mund und spürte, dass es ihr Name war, den sie sang. Sie verstand ihn nicht, hörte nur die Glocken, die Flöten, die Harfe und das Lied, an dessen Erschaffung sie Anteil nahm. Das Wörtchen, ihr Name, stieg aus ihrem Mund empor und mischte sich in das bunte Treiben der Musik. Dann verschwand die Wolke, zu der unser Wort geworden war.

Sie erwachte und stand erneut in dem Tal, von dem aus sie durch die Stimmbänder in den Gesang geraten war. Sie hatte den Mund vor Erstaunen offen stehen und blickte nach oben, dorthin, wo der kleine Kolibri noch immer in der Luft stand und die Worte dirigierte. Unser Wort flüsterte ihm zu:

„Wer bist du?“

Ihr war klar, dass der Kolibri ihre Wörtchen verstehen würde, obwohl sie so leise sprach. Und tatsächlich, er verstand, denn schon bald erklang seine Stimme in ihrem Geist.

Er flößte ihr seine Gedanken ein und sang sachte mit klarer Stimme:

„Hat es dir gefallen?“

„Wer bist du?“, sprach unser Wort erneut.

„Ich bin Gesang“, sang die Stimme in ihrem Geist.

„Hat es dir gefallen?“, fragte der Kolibri erneut.

Das Gesicht unseres Wortes glich nun denen der anderen. Sie sah glücklich aus.

„Ja“, flüsterte sie. „Mir hat es gefallen.“

Dann fragte sie noch:

„Was war das?“

Der Kolibri schwang seine Flügel und dirigierte dabei.

„Du bist gesungen worden.“

„Von wem?“, fragte sie ungläubig.

Für einen kurzen Moment streckte der Vogel seine Flügel in eine Richtung, deutete dabei auf die regungslosen Stimmbänder.

„Der Mensch hat dich gesungen.“

„Aber wie kann das sein?“, fragte sie. „Wie kann es sein, dass es so schön war? Warum tat es nicht weh? Warum war es so schön?“

Ganz deutlich konnte sie das Lied hören, das die Stimme des Vogels sein sollte. Der Gesang sprach:

„Wenn ein Mensch singt, wirklich singt, dann muss er Worte nicht zwingen, ihren Namen preiszugeben. Die Worte kommen zu ihm. Der Mund wird überflüssig. Wenn ein Mensch richtig singt, dann kommen die Worte ganz von innen. Sie steigen aus seiner Seele auf, werden vom Herzen getragen und fliegen sacht, ganz sacht, zurück auf unsere Welt.“

Unser Wort hörte fasziniert zu.

„Was war das für eine Wiese, auf der ich lag?“, fragte sie.

„Du warst in seiner Seele. Genau das, was er während

des Singens gesehen hat, hast auch du gesehen. Du tauchtest in ihm ein, vermischtest dich mit der Musik, die er spielte, getragen von jedem einzelnen Ton. War es nicht schön?"

„Ja, das war es", gab unser Wort Antwort.

Zehn

Nach Babel

Die Stimme des Kolibris war verklungen. Er blickte unser Wort nicht mehr an, ließ die Dirigierstäbe stattdessen durch die Luft sausen. Noch immer erfüllt von dem soeben Erlebten, aber nicht mehr angsterfüllt, nahm unser Wort erst jetzt so richtig wahr, was um sie herum geschah.

Sie konnte die Musik nicht mehr hören, befand sich aber noch immer in einer Art von Gesang. Auch wenn es still war, so sangen die Worte um sie herum doch, sie sangen durch die Bewegungen, die sie ausführten, durch den Tanz, den sie tanzten. Es war ein stummer Gesang, den sich die Augen unseres Wortes aber dennoch gern anhörten. Die Worte tanzten in Kreisen und Ellipsen, gaben sich gegenseitig die Hände, stießen sich wieder voneinander ab und unterlegten ihren Tanz mit einem Rhythmus, der ein Stillstehen unmöglich machte. Und so stimmte unser Wort schon bald wieder in den stummen Gesang mit ein, öffnete, ohne großartig darüber nachdenken zu müssen, ihre Arme, schloss sie wieder und verlieh jeder ihrer Bewegungen etwas Rundes, Leichtes, Musikalisches. Ohne es zu wissen, ließ sie sich erneut vom Kolibri lenken. Der Gesang bewegte seine kleinen Flügel und dirigierte das Lied, welches sich in Form von Bewegung über das Tal ergoss. Dann und wann stand unser Wort vor den Stimmbändern, sprang mit Leichtigkeit hinein, fand sich in der Fantasie des Menschen wieder, wurde Teil seines Liedes, tauchte wieder auf, tanzte weiter und so weiter. Als die Sonne schon fast den Boden berührte und das Tal in eine rote

Abenddämmerung tauchte, blieb unser Wort unvermittelt stehen. Sie stand vor den großen Stimmbändern und wollte sich eigentlich einem weiteren Lied des Menschen hingeben, doch waren die Bänder verschlossen. Sie standen so dicht, dass sich unser Wort nicht einmal durchzuquetschen vermochte. So stand sie vor den Bändern und wusste nicht, was sie tun sollte. Unser Wort drehte sich um und suchte den kleinen Hügel, auf dem der Kolibri dirigiert hatte. Obwohl es das fahle Licht der Dämmerung erschwerte, konnte sie das kleine Gesicht mit dem an der Spitze nach oben gebogenen Schnabel und den schwarzen Augen sehen. Der Kolibri weinte. Er ließ seine Flügel hängen, dirigierte nicht mehr, stand nur auf dem Hügel und blickte auf das Lied vor sich, das jetzt schon gar kein Lied mehr war. Es waren nur noch Worte, die er sah, und die aufgehört hatten, zu tanzen. Sie standen auf einer Stelle und blickten zu ihm auf. Unser Wort sah die Tränen, die sich in seinen Augen sammelten, bis sie wie von Geisterhand angestoßen seine gefiederten Wangen hinunterkullerten.

„Und, habe ich dir zu viel versprochen?“

Unser Wort erschrak, in der Stille plötzlich diese Stimme hinter sich auftauchen zu hören. Sie drehte sich um und blickte in das schuppige Gesicht von Wortgewandt.

„Wo hast du gesteckt?“, entfuhr es ihr.

Es war komisch zu sprechen. Jetzt die Stille zu durchbrechen schien ihr so, als gehe damit etwas Kostbares zu Bruch. Sie wusste nicht, was es war, doch spürte sie, dass es nicht rechtens war, das Wörtchen zu ergreifen. Dennoch tat sie es und war damit nicht die Einzige, denn zahlreiche Worte fingen an, miteinander zu sprechen. Die Echse sagte:

„Ich konnte nicht anders. Als ich durch die Öffnung durch den Tunnel trat, musste ich einfach so schnell ich konnte mittanzen. Aber sag du, wie hat es dir gefallen?“

Unser Wort überlegte nicht lange. Sie trat einen Schritt nach vorn und umarmte die Echse. Dann blickte sie ihm ins Gesicht.

„Es war toll!"

Ihr Mund wurde zu einem Lächeln.

„Du hattest vollkommen Recht. Die Wortspiele sind schön, aber das hier ist so viel schöner."

Wortgewandt freute sich sichtlich, dass es ihr gefiel.

„Du verstehst doch jetzt, warum ich dir vorher nichts sagen konnte? Ich wusste ja, dass du deine Erinnerung durch einen Menschen verloren hast. Wie sollte ich dir begreiflich machen, dass Menschen auch Schönes vollbringen können?"

Unser Wort nickte.

„Ja, vermutlich hast du Recht. Ich wäre wohl nicht mitgekommen. Aber das alles spielt ja jetzt gar keine Rolle. Die Hauptsache ist, dass ich hier bin."

Gemeinsam gingen sie durch das im Halbdunkel liegende Tal. Einige Worte saßen auf dem Boden und unterhielten sich leise, doch die meisten dösten vor sich hin oder schliefen sogar.

„Wieso hat der Vogel geweint?", fragte unser Wort ihren Freund.

„Nenn ihn doch bei seinem Namen", sagte Wortgewandt.

Die Echse hatte Recht, dachte unser Wort. Gerade sie sollte Worte beim Namen nennen, war sie doch selbst auf der Suche nach ihrem eigenen.

„Entschuldigung", sagte sie.

„Warum musste der Gesang weinen?"

Wortgewandt blieb stehen.

„Geh zu ihm. Am besten ist es, du fragst ihn selbst."

Unser Wort war sich ein wenig unschlüssig. So viele Worte dirigierend, hatte der Gesang ihr ganz schön Respekt eingeflößt.

„Bist du sicher?“, fragte sie ihn.

Wortgewandt setzte sich.

„Aber sicher. Ich bleib einfach hier und versuche, ein wenig zu dösen. Aber du kannst ruhig zu ihm gehen.“

Unser Wort wünschte der Echse eine gute Nacht und ging auf den Hügel zu, der jetzt schon ganz von Dunkelheit umhüllt war. Nur der Mond machte es ihr möglich, den Kolibri im Gras hocken zu sehen. Er hob seinen Kopf und beobachtete jede ihrer Bewegungen ohne sich dabei aber selbst zu bewegen. Unser Wort stand nun vor ihm. Sie beide schwiegen sich an, beobachteten sich. Unser Wort konnte sehen, dass die Augen des Vogels noch immer gläsern waren. Sie ergriff das Wörtchen und erneut hatte sie das Gefühl, als ginge dadurch etwas Kostbares zu Bruch.

„Du hattest Tränen in deinen Augen“, begann sie.

Der Vogel schwieg. Unser Wort setzte erneut an.

„Der Tanz war so schön.“

Noch immer keine Antwort.

„Sag, warum hast du geweint?“, fragte sie ihn.

Dann öffnete der Gesang seinen Schnabel und wieder war es keine Stimme, die sie hörte. Töne erklangen in ihrem Ohr, so zart, dass sie von der Angst erfüllt war, sie könnten sich in Luft auflösen, und genau dies taten sie auch. Nur sehr kurz tanzten die Wörtchen in ihrem Ohr.

„Meine Erinnerungen lassen mich weinen.“

Meine Erinnerungen lassen mich weinen, hallte es in ihr nach. Sie selbst hatte ihre Erinnerungen verloren und wollte nichts mehr, als sie wiederfinden, doch hatte sie nie daran gedacht, dass so manche Erinnerung auch schmerzhaft sein konnte.

„An was erinnerst du dich denn?“, fragte sie den Gesang.

Der Kolibri schloss seine Augen, schwieg eine Weile, öffnete aber dann doch seinen Schnabel:

„Ich erinnere mich an eine Zeit, in der ich hier auf meinem Hügel stand und dirigierte. Viele Stimmbänder waren im Tal und warteten auf diejenigen Worte, die zu ihnen kommen würden. Die Worte tanzten Tag und Nacht. Gaben sich den Bändern hin. Sie brauchten keine Pause, waren erfüllt von der Musik, sie mussten nicht essen, nicht schlafen, waren erfüllt von der Musik", lauschte unser Wort dem Lied des Kolibris.

„Was hat sich geändert?", fragte sie ihn.

Der Kolibri sang weiter. In seinen Augen standen noch immer die Tränen.

„Die Menschen warten nicht mehr auf uns."

„Wie meinst du das?"

„Sie behandeln uns wie Gebrauchsgegenstände, greifen nach uns, wenn sie uns brauchen. Sie vergessen, wie es ist, wenn man auf die richtigen Worte wartet. Die Stimmbänder in diesem Tal sind anders. Sie müssen uns nicht zwingen. Die Worte springen freiwillig in sie hinein. Leider gibt es immer weniger Menschen, die darauf warten, dass die Worte zu ihnen kommen."

Unser Wort lauschte dem Vogel.

„Warum? Was passiert denn mit den Menschen?", fragte sie.

„Sie glauben nicht mehr an die Bedeutung, die Worte haben können. Jedes Wort trägt einen Schatz in sich geborgen. Wenn der richtige Mensch dich zur rechten Zeit ausspricht, gibst du nicht allein deinen Namen Preis. Du wächst über dich hinaus. Dein ganzer Schatz tritt zu Tage und du hast in dem kurzen Moment mehr Bedeutung, als du jemals für möglich hieltest. Warten die Menschen aber nicht, sondern sprechen dich aus, ohne wirklich zu meinen, was sie sagen, dann kann es dir passieren, dass du selbst deinen Sinn verlierst", sang der Vogel.

Genau das musste mit ihr geschehen sein, dachte unser Wort. Sie war ausgesprochen worden, ohne dass es dem Menschen irgendetwas bedeutet hatte.

Noch einmal erklangen Wörtchen in ihrem Ohr:

„Hast du jemals das Gefühl gehabt, zu sprechen, obwohl es schien, nicht der rechte Moment dafür zu sein?"

„Ja", antwortete sie. „Seitdem ich hier bin."

„Achte auf dieses Gefühl. Die meisten Worte mögen nicht daran glauben, aber auch Wörtchen sollten von uns nicht grundlos ausgesprochen werden."

Noch eine Weile tanzten ihre Wörtchen im Raum, dann verstummten sie. Konnte das sein? fragte sich unser Wort. Sie hatte noch nie darüber nachgedacht. War es möglich, dass selbst Wörtchen viel bedeutender waren, als sie dachte? Dann kehrte der Gesang des Vogels zurück:

„Das Singen der Menschen gibt dir eine Idee davon, wie es ist, von jemandem wirklich gemeint zu werden. Genieß es noch ein wenig. Vergiss dabei aber nicht, deinem eigenen Weg zu folgen. Und jetzt schlaf schön."

Für diese Nacht verabschiedete sich unser Wort vom Gesang. Ihr war ganz schwindlig zumute, so viele Dinge hatte sie gehört. In Gedanken versunken kehrte sie zur Echse zurück.

Wortgewandt schlief bereits seelenruhig. Über den Kolibri nachdenkend, hätte sie sich noch gern mit anderen Worten über ihn unterhalten. Doch irgendwie hatte sie das Gefühl, dass es jetzt nicht der richtige Zeitpunkt war, darüber zu reden. Und dieses Mal gab sie, an die Wörtchen denkend, ihrem Gefühl nach. So legte sie sich bald selbst auf das Gras und fiel in einen tiefen Schlaf, in dem sich Traum mit Traum abwechselte.

„Aufwachen", rief eine Stimme viel zu laut für den frühen Morgen.

Unser Wort kämpfte mit dem Schlaf und gewann mit einiger Mühe. Wortgewandt stand über ihr und streckte einen Arm zu ihr aus. Sie ergriff ihn und zog sich hoch. Augenblicklich machte sich ein Kribbeln in ihrer Magengegend breit. Nervös schaute sie sich um und sah endlich das, was sie erhofft hatte. Die Stimmbänder waren offen. Worte waren in Bewegung, sprangen in sie hinein, tauchten wieder auf und tanzten. Auf dem Hügel stand der Gesang in der Luft. Er flatterte mit seinen Flügeln und dirigierte wie eh und je.

„Darf ich um einen Tanz bitten?“, fragte Wortgewandt höflich, grinste dabei wie ein Grinsen und ergriff die Hand unseres Wortes.

„Ja, Sie dürfen“, willigte sie freudig ein.

Das Herz unseres Wortes pochte. Erst jetzt realisierte sie, wie sehr sie das Tanzen im Schlaf vermisst hatte. Vom Rhythmus getragen, sprang sie in die Bänder und genoss dabei jeden Augenblick. Die Stunden flogen vorbei. Viel zu schnell schlossen sich die Bänder wieder. Die Worte legten sich schlafen. Erneut fielen unserem Wort Gesangs Tränen auf. Doch war sie dieses Mal viel zu sehr damit beschäftigt, schnell einzuschlafen, damit sie bald wieder würde singen können, um sich noch um den Kolibri Gedanken zu machen.

So verging die Zeit und mit der Zeit, die verging, verging auch unseres Wortes Sorge um ihren Sinn. Sie dachte nicht mehr darüber nach, welchen Sinn sie hatte, welchen Namen sie in sich trug und welche Erinnerungen sie wohl vergessen haben mochte. Der Platz dieser Sorgen war von einem anderen Gefühl eingenommen worden. Es war die Gewissheit, einen Platz im Leben gefunden zu haben, der sie glücklich machte. Sie dachte nicht mehr an den Weg, der eventuell vor ihr liegen konnte. Sie lebte im Jetzt, jetzt war sie glücklich und jetzt wollte sie genau da sein, wo sie war, und irgendwie fing sie sogar an zu glauben, dass dieser Ort, an dem sie sich befand, genau der Ort war, an dem sie Sinn machte. Ohne es zu merken war unserem Wort genau das geschehen, vor dem die Schlange in dem Beitrag zu den Wortspielen gewarnt hatte. Unser Wort war in eine Geschichte geraten, die sie einzufangen drohte, was aber unser Wort nicht im Geringsten zu stören schien, denn sie machte keine Anstalten, den Verlauf ihrer Geschichte zu ändern, oder gar eine andere Geschichte für sich zu entdecken. So wurde mit der Zeit die Geschichte vom Gesang, in der sie mitspielte, immer länger. Die Tage vergingen. Schlossen sich die Stimmbänder, schlief sie, waren sie geöffnet, wurde getanzt und gesungen. Unser Wort schien ein sorgloses Dasein zu führen, war glücklich. Zwei Dinge ahnte sie dabei aber nicht. Das eine war, dass sie sich mit jedem Tag, den sie vor sich hintanzend verlebte, immer weiter von ihrem eigentlichen Sinn entfernte, und das zweite, viel akutere war, dass es da jemanden gab, der schon eifrig damit beschäftigt war, ihre Geschichte zu ändern, und sie sich dadurch in großer Gefahr befand.

An einem anderen Ort der Welt der Sprache hatten zwei Wesen eine Brücke überquert. Der Geruch des Wortes, das sie verfolgten, hatte sich in Luft aufgelöst. Sie zögerten einige Sekunden, reichten sich dann kurz die Hände und rasten los. Sie kamen durch Felder und Ortschaften, ruhten nicht, rasten Tag und Nacht, blieben nur dann und wann stehen, um ihre langen Körper zu beugen und aus dem Geruch des Bodens eine Spur ihres Opfers zu filtern. Ihre Bemühungen blieben erfolglos, bis sie auf einem Hügel vor einer grauen Stadt zum Stehen kamen. Sprachen streckte sich weit und breit vor ihnen aus, füllte das Tal, in das es erbaut lag. Eines der Wesen streckte sich und roch den Geruch, für den sie erschaffen worden waren. Es war ein Geruch, der für diese

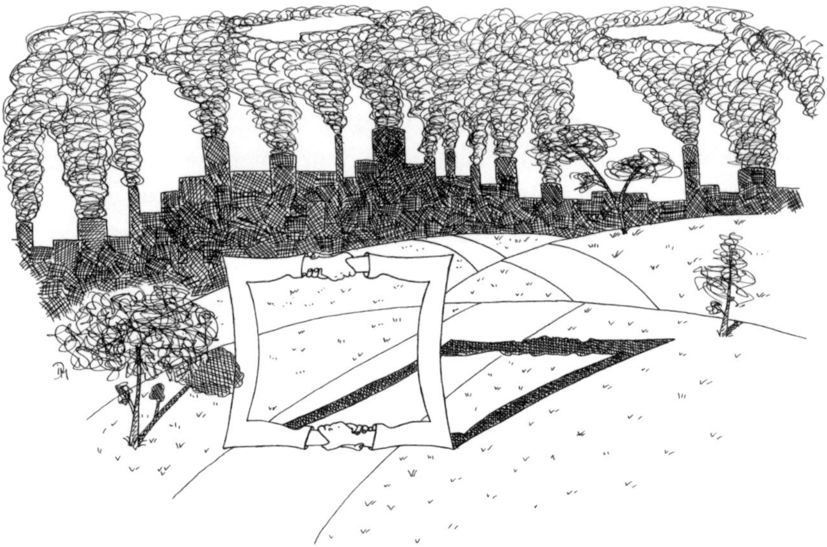

beiden Wesen noch viel schlimmer stank als alle Abgase in der Stadt vor ihnen, ein sinnloser Geruch. Nur ein Wort, das absolut bedeutungslos war, konnte so stinken. Sie reichten sich die Hände. Wieder Witterung aufnehmend, stießen sie ein furchtbares Lachen aus, das durch das ganze Tal hallte und dabei die Stadt Sprachen noch ein wenig grauer erscheinen ließ. Schon bald erreichten sie den Eingang zu den Wortspielen, der nun unbewacht vor ihnen lag. Problemlos schritten sie dicht an dicht durch eine der Stahltüren, rasten durch die Gänge, blieben wieder stehen, schnupperten und spürten dabei, wie sie ihrem Ziel immer näher kamen. Als der Gang eng und dunkel wurde, pressten sie sich hintereinander auf den Boden. Das Wesen, das vorausgekrochen war, hielt an. Es beugte sich umständlich, um sich so in dem schmalen Gang aufrichten zu können. Über ihm führte ein Tunnel nach oben. Das Erste der beiden schlug seine abstehende Hand in die harte Tunnelwand und zog sich an ihr hoch. Das zweite Wesen folgte ihm. Stück für Stück kamen sie voran. Kurz vor der Öffnung, die mit Gras bedeckt war, hielten sie noch einmal inne. Sie lauschten. Viel war nicht zu hören. Da war das leise Pfeifen des Windes. Gras raschelte. Doch dann vernahm ihr Gehör ein Geräusch, das die beiden Wesen mit einer tiefen Gier erfüllte. Im Hintergrund, kaum zu hören, hörten sie aber doch das gleichmäßige Atmen von zahlreichen schlafenden Worten.

An einer Stelle der großen Wiese ragte ein kleines Stück Rasen in die Höhe. Es war Nacht und dunkel, alles schlief, und so konnte niemand sehen, wie sich aus dem Loch, das sich im Boden auftat, zwei Gestalten erhoben. Dies stimmte aber nicht ganz. Ein Wort gab es sehr wohl, von dem die beiden Wesen gesehen wurden, und das sich jetzt daran machte, ihre Stimme auszuschicken, um so unser Wort zu warnen.

„Wach auf“, hauchte die Nacht unserem Wort ins Ohr, die nichts ahnend tief und fest in dem Tal neben Wortgewandt auf der Wiese schlief.

Unser Wort reagierte nicht und sie versuchte es noch einmal. Mit der kältesten Brise, die sie auftreiben konnte, hauchte sie unserem Wort ihre Wörtchen zu:

„Wach auf!“

Unser Wort fröstelte. Schlaftrunken öffnete sie ihre Augen. Es donnerte.

„Wach auf!“

Unser Wort schreckte hoch. Jetzt war sie hellwach.

„Wer spricht da?“, rief sie in die Nacht hinein.

Blitze zuckten am Himmel. Die Nacht schrie jetzt, so dass auch andere Worte durch den Lärm erwachten:

„Verschwinde so schnell es geht, die Klammern kommen!“

Zahlreiche Worte sprangen auf, von den soeben gehörten Wörtchen entsetzt, stürzten sie davon. Für unser Wort indes kam die Warnung zu spät. Sie wusste jetzt, wer zu ihr gesprochen hatte. Sie hatte die Stimme der Nacht wiedererkannt, doch gab es für sie keine Möglichkeit mehr, sich über die vertraute Stimme zu freuen. Stattdessen war da die Panik, der sich unser Wort schutzlos ausgeliefert fühlte, denn es stand eines der Wesen schon längst vor ihr, bedrohlich in der Dunkelheit. Hoch ragte es vor ihr auf. Wie paralysiert stand unser Wort da, schrie im Geiste ihre Beine an, endlich zu rennen, zu fliehen, bis sie sich tatsächlich rückwärts bewegten. Doch trugen ihre Beine sie nicht weit. Hinter unserem Wort stand noch eins der Wesen. Die Klammern hatten sie eingekeilt. Von beiden Seiten kamen sie auf sie zu. Unser Wort schrie, doch konnte niemand ihre Schreie hören. Die Klammern hatten sich bereits die Hände gereicht, standen so dicht aneinander, dass ihre Körper zu Wänden wurden, die unser Wort wie ein Verließ gefangen hielten. Dann wurde ihr weiß vor Augen. Unser Wort fiel nicht etwa in Ohnmacht. Sie war hellwach und zwar viel heller, als es ihr lieb war. Das Weiß, von dem sie umschlossen war, war so hell, dass es brannte. Sie schloss ihre Augen, denn es war ihr, als müsste sie erblinden, würde sie es nicht tun. Sie schrie, schrie aus Leibeskräften und hämmerte dabei mit den Fäusten gegen die schwarzen Wände, die sie gefangen hielten und obwohl sie so laut schrie, gab es kein Wörtchen, das aus dem Leib nach außen drang.

Sich an den Händen haltend, setzten sich die beiden Klammern in Bewegung. Auch Wortgewandt war aufgesprungen. Viel zu spät realisierte er, was geschehen war. Er sah die Klammern, die sich durch eine in Panik geratene Wortmenge hindurch fortbewegten. Ungerührt verließen sie das Tal, ohne auch nur einem weiteren Wort ein Haar zu krümmen. Die Echse blieb allein zurück.

Die Klammern durchquerten die Nacht, die jetzt tobte. Schwarze und violette Wolken bedeckten den Himmel und schnitten so die Sterne von der Welt ab. Blitze schlugen ein und kündeten den Donner an, der nur Sekunden später folgte. Die Nacht schrie, wild geworden vor Zorn. Mit einer solchen Wucht schlug jeder einzelne Tropfen auf dem Boden auf, dass man meinen konnte, es regnete nicht nur, es hagelte. Nur der vom herabprasselnden Regen zum Schlamm gewordene Boden verwies darauf, dass die Tropfen noch nicht gefroren waren, doch konnte dies nicht mehr lange dauern, denn war das Herz der Nacht in diesem Moment kalt wie Eis. Die Klammern gaben sich unbeeindruckt. Anscheinend mühelos rasten sie durch den Sturm, den die Nacht ihnen entgegenblies. Unser Wort wurde durchgeschüttelt. Inmitten der Klammern von der Welt abgeschlossen, schrie sie:

„Lasst mich raus! Lasst mich raus hier!“

Doch dann ertönte ein Echo, dass sie verstummen ließ. Kalt und dunkel hallte es von der einen schwarzen Wand zur anderen, durchquerte den hellweißen Raum und durchkreuzte dabei das Gehör unseres Wortes.

„Dein Schreien bringt dir nichts, bringt dir nichts, bringt dir nichts …“

Sie erschauerte. Verängstigt hielt sie ihre Beine umschlungen und sagte zitternd kein Wörtchen mehr. Ihre Augen waren noch immer geschlossen, doch drang das Weiß durch ihre Lider, worauf sie sie noch fester zukniff. Obwohl unser Wort nicht wusste, was die beiden Wesen mit ihr vorhatten, hoffte sie doch inständig, das Echo würde nicht noch einmal durch ihr Verließ hallen. Die Klammern taten ihr diesen Gefallen nicht.

„Nichts dringt nach außen, außen, außen … Bringt dir nichts, bringt dir nichts, bringt dir nichts …“, zischte das Echo durch den Raum.

Unser Wort biss sich auf ihre Handgelenke und lenkte sich durch den Schmerz von dem Echo ab, das durch ihren

Kopf hallte. Doch brachte es nichts, im Gegenteil, das Echo schien lauter zu werden.

„Vergilbst du schon, schon, schon … Nach Babel, Babel, Babel … Bringt dir nichts, bringt dir nichts … Außen, außen, außen …“

Von allen Seiten stürzten die Echos auf unser Wort ein. Vom Körper der beiden Klammern umschlossen, verhallten sie nicht.

„Sinnlose Worte … Nach Babel, Babel, Babel … Sinnlos, sinnlos, sinnlos.“

Unser Wort hielt es nicht mehr aus. Sie sprang auf, hämmerte gegen die schwarzen Wände, die sie nicht sah, da ihre Augen noch immer geschlossen waren.

„Bringt dir nichts, bringt dir nichts …“

Sie schrie:

„Aufhören! Bitte, hört auf!“

Doch brachte es nichts. Sie riss ihre Augen auf und blickte in das Weiß, das sie augenblicklich so stark blendete, dass sie auf den Boden stürzte.

„Sinnlos, sinnlos, sinnlos …“, hallte es auf sie ein.

Vollkommen erschöpft lag sie am Boden. Ihr Kopf dröhnte. Sie wälzte sich so lange hin und her, bis ihr die süße Erleichterung des Schlafs gewährt wurde. Ein unruhiger Schlaf, in dem sie oft aufzuckte, ihre Augen kurz öffnete, aber nicht aufwachte, von dem Echo der Klammern eine weitere Weile verschont blieb.

Als die Klammern zum Stehen kamen, war die Nacht verschwunden. Sie hatte einsehen müssen, dass all ihre Bemühungen nichts brachten. So war ihr Zorn gewichen, hatte der Resignation Platz machen müssen.

Seltsamerweise fehlte an dem Ort, an dem die Klammern hielten, nicht nur die Nacht. Auch den Tag gab es nicht und überhaupt fehlte hier alles, was irgendwie Sinn gemacht hätte.

Es fehlten Bäume, der Himmel fehlte und sogar ein Platz, auf dem man stehen konnte. Ja, man konnte sagen, dass dieser Ort keinen Sinn zu machen schien. Dennoch hatten die Klammern ihn erreicht und mehr noch, sie blieben stehen, was nichts anderes bedeutete, als dass sie an ihrem Ziel angekommen waren.

Das Weiß verschwand. Die Klammern hatten ihre Hände gelöst, worauf unser Wort ihr Verließ verlies und auf einen Boden plumpste, den es nicht gab. Langsam öffnete sie ihre Augen. Nichts blendete sie mehr, sie konnte sehen, doch was sie sah, konnte sie nicht verstehen. Das Einzige, was sie verstand, waren die beiden schwarzen Klammern, die vor ihr standen, denn sie sprachen:

„Willkommen in Babel, der Müllhalde unserer Welt. Riechst du es?"

Unser Wort roch überhaupt nichts, doch erwarteten die Klammern gar keine Antwort.

„Natürlich riechst du nichts, doch will ich dir sagen, wie es hier riecht. Es stinkt. Es stinkt nach dir und deinesgleichen. Sinnlose Worte ohne Bedeutung. Ihr bläht die Sprache auf, verströmt euren Duft. Unnütze Worte, unsere Welt unnötig in die Länge ziehend. Aber du riechst nichts. Du badest in deinem Duft, denkst wahrscheinlich, du hast ach so viel Bedeutung."

„Seid still!", schrie sie den Klammern entgegen. „Ich mache Sinn!", fügte sie noch hinzu.

„Du machst gar nichts", gab es Antwort.

„Glaubst du denn wirklich, der Gesang könnte dir deinen Sinn zurückgeben? Wach doch auf. Du hast deine Bedeutung schon lange verloren."

Ihre Augen waren mit Tränen gefüllt.

Die Klammern reichten sich die Hände und sprachen zu ihr wie ein einziges Wesen:

„Wir isolieren euch, bringen euch an diesen Ort. Hier könnt ihr in eure eigene Existenz versinken. Vor euch hin stinken, kontaktlos vergilben ohne eure Sinnlosigkeit auf andere Worte abzufärben. Babel, die Heimat tausender Worte wie du, der Müll unserer Welt."

Mit diesen Wörtchen verschwanden die Klammern, rasten davon und ließen unser Wort allein zurück. Sie hockte auf dem nicht existenten Boden und vergoss bittere Tränen. Was war, wenn die Klammern Recht hatten? Was war, wenn sie wirklich keinen Sinn machte? Dann beschlich sie eine zweite Angst. Sie drehte sich und ließ dabei ihren Blick über den Ort schweifen, den die Klammern Babel genannt hatten. Ihr wurde schwarz vor Augen. Doch in dem kurzen Moment, bevor die Dunkelheit sie umschloss, hatte sie begriffen. Sie hatte keine Worte und auch keinen Ort gesehen, sie begriff, dass es kein einziges Wort um sie herum gab, das sie verstand.

Elf

Zum Ende

Hic öels inem Srceerevhn nie. Hic srcervhap se aj inhct inetedgeenw. Hic srcervhap se, ad urn ide Gutbedeun,... *Konzentrier Dich!* ...ide dreej Otemmn itm ird tahte, isch maalsd itm... *Konzentrier Dich!* ...erd Gutbedeun eiders Sciceteghh ürf hicm snemes salens noknet.... *Betrachte nicht! Tauche ein!* ...Uteeh tis se dersan....

Dnan gleang es. Sie wsutse nciht, woehr die Stmime kam, dcoh tat sie gnaeu deis, sie knoznetrritee scih. Das Dnkeen feil ihr shcwer, dcoh wisgentnes glaeng es jtezt. Leiß ihr Vrastend ein Wtchöern afutchauen, siehcn es ihr wdieer zu egntlieten. *Konzentrier Dich!*, btztelin die Wtchöern vor ihr auf.

Sie anthe ncoh, dsas sie da war, aebr vrastend nciht wie. Ein Hucah von Wsiesn frotgerisesn von Vreändrenug. Sie mekrte, wie sie einsckate, einsckate in irhe egneie Esixentz, so als wräe deis gnueg, ein Lbeen nur zum Esixietern, nciths mher. Da war kneie Suhce, kien Darng frotuzsheictern, kien Wsucnh, kien Glcük, kien enzgieis Zeil. Sie strarte auf irehn egneien lebsloen Bdoen, ntcihs btwegee scih, irehs Snines zum ziteewn Mal berabut. *Konzentrier Dich!*, flckaerte es. Sie strarte ncoh tfieer, tuab güengeber jdeer Aßneulewt, nur in scih lieegnd, strarte sie in scih heiinn. Sie ducrhbarch das Jzett und sah nur scih. Sie sah scih, wie sie dtsaand, in eneim Tal. Sie strarte auf enien Vgeol, der auf eenim klneein Hegül swehbcte. Mit jdeer Fsaer irehs Krrpöes warttee sie duraaf, dsas die klneien Dirgentenistbäe in snieen Fgüleln bnegnien wdüren zu tznaen. Dnan tzatnen sie und mit ihm sie. Vom

Rgeein der Wrote mit fotrgerisesn, tztane sie in Shlecifen und Epllsein. Heir htate sie irehn Snin gudnefen. Heir wlotle sie bibeeln. Ihr Weg war zu Edne. Sie war angokmemen. Mit scih sslbet im Rneien, sah sie scih bis in den Aenbd tzenan. Sie lag mit den adreenn Wtroen auf der Wsiee. Irhe Ageun wrean gchssolesen, sie wlotle shlafecn… *Konzentrier Dich!*, kmaen die Wtchöern zcuürk. Das Gicesht des Koilibrs santd vor ihr. Der ncah oebn ggboeene Schanebl war gchssolesen. Er swhceig. Aus snieen Ageun fsolsen die Teänrn. Vergsis dbaei nciht deneim engeein Weg zu fgleon, htate er ggsaet. Dnan sah sie die Klamermn vor scih. Gluabst du dnen wlicrikh, der Gaensg knötne dir deeinn Snin zebüucregkn? Das Blid wdletnae scih. Usenr Wrot betracehtte scih ncoh imemr. Dseiis Mal santd sie auf eneim Fled, acuh Tag und Ncaht wraen da, reicthen scih die Hnäde und fleutten das Lnad mit Lhict, gadere so hlel, dsas es ncoh dnekul siehcn. Die Nhact duhrcstrefite ihr lnages Haar, sctirh scih enie Sätrhne fset und wnitke zum Aibchesd. Usenr Wrot stratre wteeir. Sie santd auf Eelss Bücrke, war kruz dovar scih azbuwdenen, Eesl und Veürckrt hnietr scih zu lasesn. Abshiced, imemr wedier Abshiced. Sie sah den Stamudam. *Konzentrier Dich!* Und für eine Snkuede war aells kalr. Sie sah ein Huas, gabeut wie ein Bcuh und irhe Etrlen wktinen ihr zu. Dnan war die Snkuede veobri und dkicer Neebl biettree scih enuret in ihr aus, vedrekcte die Enernunrig, die ihr so veil bueettdee, brag sie dcoh den Snin, den sie vorerlen htate und, da war sie scih nun sciher, ihn zu secuhn irhe Agafube war.

Unser Wort öffnete ihre Augen. Noch immer waren die Worte um sie herum seltsam verformt, doch wusste sie jetzt etwas mit ihnen anzufangen. Sie bemühte sich, sich umzuschauen, doch es misslang. Sie konnte die Worte um sie herum zwar verstehen, doch standen sie außerhalb jedes Zusammenhangs. Sie waren beziehungslos im Raum verteilt. Jedes

Wort für sich ergab Sinn, doch fügten sie sich zu keinem Bild zusammen.

Glückwunsch!, piepte es in ihrem Ohr. *Das war ziemlich knapp.*

„W…?“, wollte unser Wort fragen, als es von einem aufgeregten Piepen unterbrochen wurde.

Sshsshsshhhhhhhhhhhhhh! Ahh! Du darfst nicht reden. Sei vorsichtig!

Unser Wort verstummte. Noch nie hatte sie eine solch merkwürdige Stimme gehört. Es war gar keine Stimme, es war viel schwächer als jede Stimme, die sie kannte. Schon eher war es ein Stimmchen, ganz sicher keine Stimme, und ganz bestimmt ein Piepsen. So war es.

Solange wir eh wissen, was du sagen willst, ist es überflüssig, wenn du es sagst, was du sagen willst, weil wir ja wissen, was du sagen willst.

Unser Wort sollte nichts sagen. Soweit hatte sie es verstanden.

Du darfst ja etwas sagen, aber bitte nur dann, wenn es Sinn macht.

Unser Wort schwieg.

Du weißt, dass du in Babel bist, aber was weißt du über Babel? Die Klammern haben dir sicherlich gesagt: Babel, die Müllhalde unserer Welt, Tausende von sinnlosen Worten. Uhhhhaaa. Sie vergessen dabei ein paar Dinge.

Unser Wort lauschte der Stimme, von der sie genauso wenig wusste wie von dem Ort, an dem sie sich befand.

In Babel leben zwar Tausende von Worten, doch darf man nicht vergessen, dass Babel selbst ein Wort ist.

„W…?“, schlüpfte es aus ihr hervor, doch gelang es ihr noch gerade so die Wörtchen zu unterdrücken.

Die Klammern mögen zwar sagen, dass nur sinnlose Worte in Babel lebten, doch ist es nicht so.

Jedes Wort, also auch Tausende von Worten, also alle Worte hier in Babel haben Sinn. Die Worte haben nur ein Problem. Sie wissen nichts mehr damit anzufangen. Da kommst du ins Spiel. Glückwunsch. Du hattest großes Glück.

„W…?"

Hast dich noch gerad so zurückbesonnen. Ein bisschen haben wir dir geholfen, aber, na ja, nicht viele Worte schaffen das. Das Denken fällt den meisten schwer, und wenn sie denken, denken sie das Falsche. Du hast das Richtige gedacht, zumindest zum Schluss. Am Anfang warst du dir nicht so sicher, welchen Sinn du machst. Klammern sind ja nicht töricht, deshalb sind sie faul, deshalb jagen sie nur Worte, die ihren Sinn verloren haben, deshalb erinnert sich kein Wort an seinen Sinn, wenn es hier ist, deshalb ist es toll, du hast deinen Sinn zurück. Glückwunsch. Deshalb die Frage. Welchen Sinn hast du denn?

Unser Wort war sich unsicher. Durfte sie nun antworten? Doch dann fanden sich die Wörtchen von ganz allein.

„Ich weiß es nicht. Mir ist nur etwas klar geworden: Ich hätte meine Zeit nicht so vergeuden dürfen. Ich muss die Suche nach meinem Sinn fortsetzen. Als ich das dachte, konnte ich plötzlich meine Augen öffnen."

Unser Wort lauschte ihren eigenen Wörtchen, die in der Luft tanzten.

Ein Paradoxon!, piepte es in ihren Ohren. *Dein Sinn ist es, deinen Sinn zu suchen. Na dann renn mal im Kreis.*

Ihr Sinn war es, ihren Sinn zu suchen, dachte unser Wort über das Piepsen nach. Machte das Sinn? Noch immer konnte sie sich nicht erinnern. Wenn das wirklich wahr war, wie war dann ihr Name und wer steckte hinter dem Piepsen?

„W…?"

Was ist also Babel? Babel ist der Ort, der dich umgibt, den du aber noch immer nicht sehen kannst. Mach dir keine

Sorgen, gleich ist es soweit, jetzt sollst du uns aber erst mal zuhören.

Unserem Wort blieb überhaupt nichts anderes übrig, sie tat es sogar gern. Da war nichts um sie herum, das sie verstand, nur das Piepsen, auf das sie sich voll und ganz konzentrierte.

Jedes Wort in unserer Welt macht Sinn. Jedes Wort hat eine bestimmte Bedeutung. Jedes Wort gehört zu einer Geschichte. Das ist der Grund, warum es entstand. Irgendwann einmal wollte ein Mensch eine Geschichte erzählen, doch gelang es ihm nicht. Das Wort, das er brauchte, um die Geschichte richtig zu erzählen, gab es nicht. So musste er scharf nachdenken, überlegte sich einen Wortlaut und füllte ihn mit Bedeutung. Von da an gab es das Wort und er konnte seine Geschichte erzählen. In Babel nun finden wir all die Worte, die keiner Geschichte mehr angehören. Die Worte tragen zwar ihren Sinn noch in sich, doch wissen sie nichts mehr mit ihm anzufangen. Ohne Geschichte stehen sie still, machen keinen Sinn mehr.

Verwundert lauschte sie der Stimme und verzichtete darauf, die Fragen zu stellen, die sich in ihr regten.

Nun kommst du ins Spiel und wir spielen sogar mit. Babel ist der Ort, an dem sich diejenigen Worte befinden, die nicht mehr Teil einer Geschichte sind. Da aber Babel selbst ein Wort ist, muss Babel Teil einer Geschichte sein. Da sich Babel aber in Babel befindet, kann Babel kein Teil einer Geschichte mehr sein und muss somit stillstehen. Babel steht aber nicht still. Wir befinden uns in Babel, wir unterhalten uns mit dir. Babel steht nicht still, es muss noch immer Teil einer Geschichte sein. Ein Paradoxon, das doch eine Lösung besitzt. Babel ist Teil deiner Geschichte. Deine Geschichte wird noch immer erzählt, da du dich in Babel befindest und dennoch mit uns sprichst. Damit gibst du Babel einen Sinn und damit allen Worten, da Babel aus denjenigen Worten besteht, die keinen Sinn mehr machen. Herzlichen Glückwunsch!

Unserem Wort brummte der Kopf. Er brummte sogar umso mehr, weil sie einsehen musste, dass die seltsamen Wörtchen doch irgendwie Sinn zu machen schienen. Woher kam das Piepsen bloß?

An welcher Stelle kommen wir ins Spiel? Eigentlich tauchen wir schon ganz am Anfang auf. Die Menschen brauchten Worte, um sich gegenseitig Geschichten erzählen zu können. Als dann aber die ersten Worte entstanden waren, verspürten auch sie den Wunsch, sich miteinander auszutauschen, doch wussten sie nicht wie. Sie ersannen uns. Nur mit uns Wörtchen konnten sich die Worte gegenseitig die Abenteuer erzählen, auf die sie von den Menschen geschickt worden waren. Immer wenn ein Wort einem anderen Wort seine Geschichte erzählt, erzählt er sie durch uns Wörtchen und wir hören zu. So verfolgen wir schon von Anbeginn der Zeit jede Geschichte, jedes Abenteuer, das ein jeder einzelne von euch bestritten hat. In all der Zeit haben sich da so einige Geschichten aneinandergereiht, die wir mit gemischten Gefühlen betrachten. Toll war es, durch die Geschichten viel Wissen zu wissen, doch wurde es uns immer mehr bewusst, dass wir selbst nie Teil einer Geschichte waren. Unsere Geschichte blieb Babel. Hier lebten wir, da uns nie eine eigene Geschichte Obdach gewährte. Dies hat sich nun geändert. Babel ist Teil deiner Geschichte und wir sind Teil von Babel. Wir sind also Teil deiner Geschichte und in dieser leben wir in Babel, sprechen mit dir. Nun bleibt nur noch eine Frage.

Unser Wort hätte mit bestem Wissen und Gewissen nicht sagen können, welche Frage das sein konnte, so hoch schien der Berg von Fragen, den dieses harmlose Piepsen aufgetürmt hatte.

Welche Rolle in ihr spielt nun Babel? Deine Geschichte ist noch nicht zu Ende, noch kein Wort hat sie einem anderen erzählt. Drum können wir es nicht wissen. Was wir wissen können und sogar wissen, ist, welche Rolle wir in deiner Geschichte spielen.

„W…?“, wollte sie fragen, doch gaben die Wörtchen ihr bereits Antwort.

Wir sollen es dir ermöglichen, Babel zu verstehen. Verstehst du ihn, siehst du ihn, siehst du ihn, rede mit ihm, redest du mit ihm, verstehst du ihn. Verstehst du ihn?

Unser Wort schaute sich um und tatsächlich fing sie an zu verstehen. Die Worte, die zuvor zusammenhanglos im Raum gestanden hatten, bildeten ein Muster. Immer deutlicher wurde das Bild, das sich vor ihren Augen wie ein Mosaik zusammenfügte. Dann sah sie den Ort vor sich:

Unser Wort stand in brauner Erde. Der Himmel war von glühenden Wolken bedeckt, die es nicht zuließen, mehr als nur ein graues Land zu sehen. Die Erde gehörte zu einem schmalen Pfad, der sich durch hohe Müllberge schlängelte. Hier und da hatten sich Pfützen gebildet, die von Öl getränkt wie Regenbogen schimmerten. Es war kalt. Die Gerüche von Unrat, Schimmel und Verbranntem waren ineinandergelaufen und lagen wie ein grüner Film auf dem Land. Es stinkt nach dir und deinesgleichen, sinnlose Worte ohne Bedeutung, hatten die Klammern gesagt. Das musste der Geruch sein, von dem sie gesprochen hatten. Sie versuchte sich einzubilden, unter dem Gestank etwas Leben wahrzunehmen, doch gelang es ihr nicht, alles, was sie roch, war tot.

Los, frag ihn.

Unser Wort verstand nicht.

„Wen soll ich fragen?“

Frag ihn!

„Den Ort?“

Nicht den Ort. Frag das Wort! Frag Babel.

„Was soll ich ihn denn fragen?“

Frag ihn nach seiner Geschichte, frag ihn, welche Rolle er in deiner Geschichte spielt.

„W...?“

Frag ihn!

Unser Wort machte eine Faust.

„Babel! Hörst du mich?“, hauchte sie in den Morgendunst.

Lauter!

„Babel!“

Lauter!

In Babel stehend, eingeschlossen von Müllbergen, streckte unser Wort ihre Arme in die Luft. Mit lauter Stimme rief sie:

„Baaaabel! Baaabel!“ Ihre Stimme hallte durch die kalte Morgenluft.

Der Pfad, auf dem sie stand, schien zu vibrieren. Nein, er vibrierte tatsächlich. Unser Wort fiel auf den Boden. Die Erde unter ihr stöhnte und krächzte. Die Müllberge verschoben sich. Unser Wort blickte in den Himmel, der dabei war, sich lila zu färben. Kriegsbemalung, dachte sie. Die Berge verschmolzen, waren zusammengezogen zu einem riesigen Haufen Unrat. In ihm taten sich zwei große, schwarze Löcher auf, die genau auf die Stelle starrten, an der unser Wort noch immer lag. Der Ort vor ihr war kein Ort mehr, es war ein Geschöpf, das vor ihr stand, ein Geschöpf bestehend aus Worten, die ihren Sinn verloren hatten und sich als Müll in Babel wiederfanden. Langsam öffnete sich sein Mund. Der Pfad erdröhnte abermals, als eine Stimme so laut wie ein Orkan unser Wort fast betäubte:

„Was willst du?“

Sie musste sich zusammenreißen. In die Augen des Geschöpfes starrend sprach sie:

„Babel? Bist du Babel?“

„So werde ich genannt“, dröhnte es.

„Die Wörtchen sagen, du hast eine Geschichte zu erzählen?“

Der Pfad erbebte. Lawinen aus Müll rollten den Berg hinunter, doch verebbten sie und wurden wieder Teil des Geschöpfes, das vor ihr stand.

„Nach all der Zeit. Tausende Worte nahm ich in mir auf. Ich bin ein Ort aus Worten ohne Geschichte und nun hab ich sie doch. Die Wörtchen haben recht“, dröhnte Babel.

„Dann erzähl sie mir!“, rief unser Wort in den Ort hinein.

Die Erde wankte.

„Nein!“, rief Babel ihr entgegen und schickte einen Erdstoß, der sie von den Beinen riss.

„Es ist meine Geschichte! Sie gehört mir!“

Unser Wort hatte es durch die Luft geschleudert. Sie war hart auf den Boden aufgekommen. Der Himmel war nun von einem so dunklen Lila bedeckt, dass man es schwarz nennen musste.

Babel! Reiß dich zusammen! Die Geschichte gehört nicht dir. Niemandem kann eine ganze Geschichte gehören. Weißt du denn nicht, wer dieses Wort ist, das vor dir liegt?

Das Piepsen der Wörtchen hörte auf. Es wurde zu einem Grölen.

„Natürlich weiß ich das. Ich kenne ihre Geschichte doch.“

Dann weißt du auch, was du zu tun hast.

Babel richtete sich zu seiner vollen Größe auf. Er sah aus wie ein Turm, der hoch in den Himmel reichte.

„Wenn ich jetzt tue, was ihre Geschichte von mir verlangt, verliere ich die Geschichte wieder. Sie braucht mich dann nicht mehr.“

Du hast Recht. Wenn du deinen Teil geleistet hast, war es das für dich. Deine Rolle wird zu Ende sein. Daran kannst du nichts ändern.

„Warum soll ich es dann tun?“, dröhnte Babels Stimme.

Du kannst beeinflussen, wie deine Geschichte in Erinnerung bleibt. Spiel die Rolle gut, die er dir zugedacht hat, und man wird dich nicht vergessen.

Ruhe. Unser Wort lag auf dem Pfad. Das Piepsen war verstummt. Der Turm, der sich vor ihr aufgebaut hatte, schrumpfte, bis nur noch ein Hügel vor ihr stand. Der Himmel war zwar noch immer lila, doch musste man ihn nicht mehr als schwarz bezeichnen. Zwei große Augen ruhten auf unserem Wort, das die richtigen Wörtchen von ganz alleine fand.

„Erzählst du mir eine Geschichte?“, fragte sie.

Der Hügel nickte.

„Es war einmal in einem Land jenseits unserer Vorstellungskraft ein Wort, das Babel hieß. Und auch das Land hieß Babel. Es gab keine Gesetzmäßigkeit, keine Regeln und keine Ordnung. Es war schlichtweg ein Ort, den man nicht verstand. Wie jeder Ort bestand auch Babel aus Worten. Die Worte fügten sich aber zu keinem Bild zusammen. Es waren zu viele Worte, die zu viel Chaos verursachten. So blieb Babel ein unverständlicher Ort voll von brachliegender Sprache, der wohl niemals jemandem von Interesse gewesen wäre, hätte sich nicht ein ganz anderes Wesen in Babel niedergelassen. Inmitten von Babel gab es ein Fleckchen Erde, das noch unberührt war. Die Wiese war grün, die Bäume hoch und der Himmel blau. An diesem Fleckchen Erde hatte sich ein Mensch eine Hütte ganz aus Holz erbaut. Nie sah man den Menschen seine Hütte verlassen. Stattdessen saß er an seinem Tisch, blickte ab und an durch das Fenster in die Ferne, ließ jedoch dabei die Feder in seiner Hand nie ruhen.

In den Wirren Babels inmitten der Tausenden von Worten, die schon längst zu keiner Geschichte mehr gehörten, schrieb dieser Mensch eine Geschichte.

In ihrem Mittelpunkt steht ein Wort, das seinen Sinn verloren glaubt. Das Wort macht sich auf eine lange Reise, auf der sie ihre Welt verstehen lernt. Ihren Sinn findet sie nicht. Sie erreicht Babel, ausgerechnet den Ort, der wohl von allen Orten der sinnloseste ist. Doch sie irrt sich. Als sie anfängt, Babel zu verstehen, begreift sie, dass ihre eigene Geschichte in Babel ihren Ursprung nahm. Babels Geschichte ist nicht Babels Geschichte. Es ist ihre Geschichte, ihre gemeinsame Geschichte und jeder von ihnen spielt darin seine Rolle. Babel zeigt ihr die Hütte, in der ein Mensch ihre Geschichte schreibt. Das Wort klopft an und hofft. Sie hofft darauf, dass das Öffnen der Tür für sie endlich zu einer Antwort führt …“

Das war sie, piepte es in ihren Ohren. Das war Babels Geschichte. Er hat seine Rolle gespielt. Nun liegt es bei dir, deine Geschichte bis zum Ende zu begleiten. Auch wir werden uns verabschieden. Es war schön, Teil deiner Geschichte zu sein. Vergiss uns nicht und denk dran: Wann immer du einem Wort eine Geschichte erzählst, warte darauf, dass die richtigen Wörtchen zu dir kommen. Es bringt nichts, uns zu zwingen. Wenn du im rechten Moment das Richtige sagst, ist es wie Magie. Und hoffe darauf, dass dies auch die Menschen begreifen. Mach es gut.

Das Piepsen verstummte. Die Erde bebte. Der Hügel, der vor ihr stand, fiel in sich zusammen. Die Müllberge drängten nach außen und gaben so einen Weg frei. Es stank noch immer, doch verschwendete unser Wort keinen Gedanken daran.

Sie blickte auf den freien Raum, der vor ihr lag. Ein Pfad aus weißen Pflastersteinen führte über eine Wiese, auf der, von hohen Bäumen umgeben, eine Hütte stand. Sie war ganz aus Holz erbaut.

Unser Wort wusste, was zu tun war. In Babels Geschichte klopft das Wort an die Tür. Sie wusste, dass sie dieses Wort war. In der Hütte würde ein Mensch ihre Geschichte schreiben. Es war ein seltsamer Gedanke, doch musste dieser Mensch doch wissen, welchen Sinn sie machte.

Mit weichen Knien schritt sie über die Pflastersteine. Vor der Hütte blieb sie stehen. Sie lauschte.

Aus dem Hütteninneren war ein Kratzen zu hören. Unser Wort atmete noch einmal tief durch, dann erhob sie ihre Hand und klopfte gegen das Holz der Tür.

Keine Antwort.

Langsam drückte sie die Tür auf. Der Raum, der vor ihr lag, war schwach beleuchtet. Zwei Kerzen standen auf dem Tisch, doch sah man sie kaum brennen, da das Licht von außen viel heller schien. An dem Tisch saß ein Mann, den unser Wort nur von hinten sehen konnte.

„Hallo“, sagte sie.

Der Mann drehte sich nicht um. Nur das Kratzen war zu hören.

„Entschuldige, kannst du bitte die Tür hinter dir schließen? Beim Schreiben mag ich es, wenn die Welt draußen bleibt. Und dann setz dich doch bitte. Hier beim Schreibtisch hab ich einen Stuhl für dich."

Unser Wort schloss die Tür. Nach einigen Sekunden gewöhnten sich ihre Augen an die Dunkelheit und das Kerzenlicht reichte vollkommen aus, das Hütteninnere zu erhellen. Der kleine Raum war vollgepackt mit Krimskrams. Über dem kurzen Bett waren einige Regale angebracht mit Büchern, die unser Wort nicht kannte. Auf einer Truhe an der dem Bett gegenüber liegenden Seite stand ein Schachbrett, das genau zwischen Kleiderschrank und Vitrine lag. Es waren gekonnt aus Zinn gefertigte Figuren, die so zauberhaft aussahen, dass man meinen konnte, sie seien einem Märchen entsprungen. Mit wem er wohl spielen mochte, dachte sie. Die Wände waren vollgeklebt mit Zetteln, auf denen in unleserlicher Handschrift allerlei Notizen standen.

Unser Wort ging zum Schreibtisch. Jetzt sah sie, dass der Mann eine graue Feder in Händen hielt. Neben ihm stand eine Schale mit schwarzer Flüssigkeit. Unablässig kratzte er mit der Feder auf einem Blatt Papier. Ihr Blick fiel auf ein Messingschild neben dem Schreibtisch, in das deutlich einige Wörtchen eingraviert waren.

Was immer du tun kannst oder zu können glaubst – fang an! In der Kühnheit liegt: Genie, Kraft und Magie. J. W. Goethe

„Setz dich mir gegenüber, dann kann ich dich sehen, wenn ich schreibe."

Unser Wort nahm auf dem Stuhl auf der anderen Seite des Tisches Platz. Sie konnte den Mann nun ganz deutlich sehen. Das Licht der Kerzen fiel auf sein Gesicht. Sein Haar war grau und er trug eine Brille auf seiner geknautschten Nase, dessen filigranes Gestell das Gesicht kaum verdeckte. Die Augen waren noch immer nach unten gerichtet, beobachteten jede Bewegung der Feder, die in seiner Hand über das Papier glitt.

„Jetzt habe ich dich schon die ganze Zeit über begleitet und trotzdem traue ich mich nicht, den Blick zu heben, um dich anzuschauen", sagte er und blickte nun doch hoch. Die Feder tanzte noch immer in seiner Hand, doch verfolgte er ihre Bewegungen nicht mehr. Sein Blick ruhte auf dem Gesicht unseres Wortes. Sie bekam eine Gänsehaut.

„Da schreib ich nun schon über 174 Seiten an deiner Geschichte. Ich hab stets daran gedacht, was ich wohl sagen werde, wenn du vor mir stehst. Nun ist es soweit und ich weiß es noch immer nicht."

Unser Wort blickte auf den Stapel Papier auf dem Schreibtisch.

„Ist es wahr? Du hast mich geschrieben?", sagte sie und rührte sich kein Stückchen.

„Ja", sprach er und schwieg.

Für einen Moment sagten beide nichts, lauschten dem Kratzen der Feder auf dem Papier.

„Ist sie das?", fragte unser Wort und deutete auf den Stapel.

Der Mann nickte.

„Es ist deine Geschichte, die hier liegt", sagte er, schwieg und fügte, als er merkte, dass unser Wort nichts sagen würde, hinzu:

„Ich habe mich bemüht, es dir langsam verständlich zu machen. Noch immer erscheint es mir übereilt. Es tut mir Leid."

Unser Wort konnte es nicht begreifen. Sie suchte nach den richtigen Fragen.

„Aber warum? Warum das Ganze?“, fragte sie, blickte dabei in die Augen des alten Mannes und fühlte sich vollkommen hilflos.

„Genau deshalb bist du hier. Das Warum. Du weißt ja schon viel über deine Welt, aber die Frage bleibt. Das Warum. Welchen Sinn hast du, welchen Sinn hat diese ganze Geschichte.“

Unser Wort nickte.

„Warum?“, fragte sie.

Die Feder in seiner Hand schien langsamer zu schwingen. Der alte Mann tat sich schwer mit jedem Wörtchen, das er schrieb.

„Es ist nun schon eine ganze Weile her, dass ich deine Welt entdeckte. Es war nicht mal so sehr eine Welt, es war eher die Idee von ihr, die zu mir kam. Ich wusste nicht, wie ich weitermachen sollte. Deine Welt war vollgepackt mit Worten. Nichts bewegte sich. Ich ahnte zwar Geschichten, die in ihr stecken mochten, doch schienen sie unerreichbar, versunken im Chaos. Ich brauchte eine Festung. Einen Ort unberührt vom Chaos. Ich erschuf diese Hütte inmitten von brachliegender Sprache. Babel nannte ich das Land um mich herum. Ein Land voller Müll, sinnlos verworfener Worte. Ich schloss die Tür hinter mir und konzentrierte mich ganz auf Babel. Ich wollte die neu entdeckte Welt ordnen, ihre verborgenen Schätze heben, Geschichten entdecken.“

Sie betrachtete das Gesicht des Mannes, als er sprach. Seine Augen fixierten jetzt wieder das Blatt Papier, von Zeile zu Zeile bewegten sie sich mit dem Schwingen der Feder. Er schreibt, was er sagt, dachte sie. Das alles ist Teil der Geschichte.

„Ich entwarf die Klammern“, sagte er. „Ihre Aufgabe war es, nützliche Worte von unnützen zu trennen.“

„Du wolltest sinnlose Worte loswerden“, unterbrach sie ihn.

„Damals wusste ich nicht, welche Worte Sinn und welche keinen Sinn machten. Ich versuchte nur im Chaos Zusammenhänge zu finden. Die Klammern erfüllten ihren Dienst hervorragend. Immer deutlicher erkannte ich die Umrisse einer Welt, die nichts mit Babel zu tun hatte, einer Welt voller Leben und Bewegung. Es war deine Welt, die Welt, so wie du sie kennst, die Welt der Sprache. Doch fehlte noch etwas. Es ist nicht das Gleiche, eine Welt zu verstehen oder eine Welt zu erleben. Ich musste es schaffen, deine Welt erlebbar zu machen, nur so könnte sie weiterbestehen. Ich brauchte eine Geschichte."

Die Feder kratzte über das Blatt Papier. „Eines Morgens, ich stand hier in diesem Zimmer, betrachtete ich all die Notizen, die ich mir gemacht hatte. Ich setzte mich an meinen Schreibtisch und blickte hinaus auf Babel, auf dieses riesige Reich voller ungenutzter Möglichkeiten. Dort sah ich dich. Ich nahm das erste Blatt und fing an zu schreiben."

„Du schriebst mich", wiederholte sie.

„Ja, ich schrieb über dich und deine Eltern. Du strittst dich mit deinem Vater. Du wolltest nicht glauben, welche Rolle die Menschen für die Worte spielen. Es funktionierte. Genau dich hatte ich gesucht, deine Geschichte wollte ich erzählen. Doch bevor ich dich auf Reisen schicken konnte, musstest du erst einem Menschen begegnen. Durch ihn würdest du vergessen und könntest mit ganz neuen Augen deine Welt entdecken. Und mit jedem Detail, das du neu erfährst, würdest du einen anderen in deine Welt mitnehmen."

Unser Wort konnte sich nicht erinnern. Sie hatte sich mir ihrem Vater gestritten?, dachte sie. Sie hatte Eltern.

„Wie konntest du mir meine Eltern nehmen?", fragte sie den Mann, der sie so aufrichtig angeschaut hatte.

„Es tut mir Leid für das, was du durchgemacht hast. Ich hoffe, du kannst mir verzeihen, wenn ich zu Ende erzählt habe."

Noch immer kreisten hundert Gedanken in ihrem Kopf herum.

„Dann erzähl es. Ich will es verstehen."

„Ich musste einen Weg finden, deine Welt am Leben zu erhalten. Um jedes Wort, das ich schrieb, kämpfte ich. Es musste stimmen, genau die Aufgabe erfüllen, die ihm zugedacht war. Man kann eine Geschichte nicht so schreiben, wie man will. Die Geschichte entscheidet selbst. Weicht man von ihr ab, verstrickt man sich in Lügen, die kein Mensch glaubt. Das durfte ich nicht riskieren. Deine Geschichte musste fesseln. Würde sie es nicht tun, wäre da niemand außer mir, der dich jemals kennenlernen würde. Die Welt der Sprache würde wieder in Babel versinken, für alle Zeit vergessen."

Unser Wort verstand nicht.

„Warum?

Der Mann richtete seinen Blick auf unser Wort. Seine Augen durchdrangen sie.

„Ich werde es dir zeigen. Richte deinen Blick auf die Tinte", sprach er und deutete auf die Tonschale, die rechts von der in seiner Hand tanzenden Feder stand.

Unser Wort fixierte sie.

„Bist du bereit?", fragte er.

„Ja."

„Schaust du noch immer?", fragte er sie.

Unser Wort blickte auf denselben Punkt im Raum. An dem Punkt war nur die blanke Tischplatte zu sehen. Die

Tonschale stand nun auf der anderen Seite des Tisches, links von der noch immer tanzenden Feder.

„Wie hast du das gemacht?“, fragte sie.

Die Feder kratzte.

„Wenn man schreibt, schließt man die Welt aus. Wenn du dich bei geschlossener Tür konzentrierst, kann sich dir eine ganz neue Welt offenbaren. Jedes Wort, das du schreibst, fügt dieser Welt ein weiteres Detail hinzu. Schreibst du aber nicht, bleibt die Welt stehen. Nichts regt sich. Nichts spricht. Traurig, findest du nicht?“

„Was hat das mit der Schale zu tun?“

„In dem kurzen Moment, in dem ich nach ihr griff, meine Feder eintauchte und die Schale dann auf der anderen Seite des Tisches platzierte, da hab ich nicht geschrieben. Deine Welt blieb stehen, die Zeit gefroren. Du hast nichts gemerkt. Wenn ich jetzt aufhörte zu schreiben, du wärst tot und hättest nichts gemerkt.“

Unser Wort musste schlucken.

„Eine ganze Welt kann doch nicht aufhören zu existieren“, sprach sie, aber merkte selbst, wie leer die Wörtchen in ihren Ohren klangen.

Die Feder kratzte.

„Viel hast du erlebt. Ich fand es schön, wie du Verrückt kennen lerntest. Es war lustig, euch beide streiten zu sehen. Dann stürzte Esels Brücke ein. Er war es, der die Seile kappte. Ich fieberte mit. Woher sollte ich denn wissen, wie es im Sprachfluss zugeht? Für das Kapitel habe ich ganz schön lange gebraucht. Du kamst nach Sprachen, in die gigantische Stadt. Das Gedicht am Straßenrand hat mir am besten gefallen. Ich weiß gar nicht, ob du dich noch daran erinnerst. Wozu das alles? Warum konntest du nicht direkt zu mir kommen? Wieso konnte ich dir nicht einfach die ganze Welt erklären? Das Geheimnis liegt nicht darin, eine

Welt zu entdecken. Das Geheimnis ist, sie am Leben zu erhalten, auch wenn das letzte Wort schon längst geschrieben steht. Wärst du direkt zu mir gekommen, auf direktem Weg, du stündest auf und marschiertest geradewegs nach Babel, klopftest an die Tür und fragtest: „Hej, sag mal, wie ist das nochmal mit der Welt der Sprache?“, wer hätte sich die Mühe gemacht, das zu lesen? Wer hätte das geglaubt? Er ist bei uns. Jetzt gerade liest er jede Zeile und ich bebe vor Angst, dass er bis zu Ende liest. Dann kann er sich deine Welt ganz genau vorstellen. Er müsste seine Fantasie gebrauchen, die weißen Stellen des Mosaiks ausmalen, bis das Bild, das er von dir sieht, so bunt schillert wie die Fische im Sprachfluss. Dann könnte sich, obwohl ich schon lange aufgehört habe, deine Geschichte niederzuschreiben, deine Welt bewegen und in ihr du dich. In ihm könntet ihr blühen und vielleicht, vielleicht vergisst er euch nicht.“

Mit großen Augen blickte unser Wort auf den alten Mann, der nun so behutsam mit der Feder über das Blatt Papier strich.

„Wer ist er?“

„Er ist ein Mensch. Für ihn bist du auf die Reise gegangen. Du musstest deine Welt kennenlernen, damit er sie kennenlernen konnte. Nur so konnte sie ihm ans Herz wachsen. Jetzt können wir nur noch hoffen, dass es reichte.“

Unser Wort zögerte. Die Feder in der Hand des Mannes tanzte nun so langsam wie noch nicht zuvor.

„Und wenn es nicht reicht?“, fragte sie zögerlich.

„Dann war alles umsonst. Uns wird es dann nie geben.“

Unser Wort blickte ihn an.

„Und jetzt?“, fragte sie. „Ist die Geschichte zu Ende?“

„Nein“, sprach er. „Er wartet noch auf etwas.“

„Auf was?“, fragte sie.

„Ich glaub, er will deinen Namen wissen.“

Unser Wort schmunzelte.

„Das will ich auch.“

Sie blickte dem Mann in die Augen.

„Sagst du ihn uns?“

„Ein bisschen zu einfach, findest du nicht? Wir können das doch viel besser.“

Zwölf

Leere

Es war Abend. Der Vollmond stand bereits am Himmel und tauchte die Dunkelheit in ein schwach leuchtendes Blau. Die Grillen zirpten. Mitten im Wald auf einer Lichtung standen drei kleine h's. Auf einem der h's saß ein Esel. Es war schwer zu sagen, ob es noch dieselbe Fliege war, die seinen Schwanz umkreiste. Er schlug ein ums andere Mal nach ihr, verfehlte sie aber stets und ließ es dann bleiben. Verrückt saß neben ihm und blickte auf unser Wort, das ihnen gegenüber Platz genommen hatte. Sein Auge zuckte in regelmäßigen Abständen, als er sagte:

„Sie hatten einen Freund, an den Sie sich nicht mehr erinnern. Sein Name war Zeig. Er kam auf unsere Lichtung und erzählte uns eine Geschichte. Er kannte Sie und Ihre Eltern. Kurz bevor Sie von dem Menschen ausgesprochen wurden, waren Sie bei ihm. Zeig wollte Ihnen erklären, wie sich ein Wort umstellt. Es war zu spät. Die Stimmbänder tauchten auf. Nur er konnte sich retten. Zeig hatte sich umgestellt. Geiz wurde vom Menschen nicht ausgesprochen. So kam er zu uns. In Lumpen stand Geiz vor uns und fragte, ob wir vielleicht einem Wort über den Weg gelaufen seien, das Ihnen ganz genau entsprach. Esel und ich verneinten. Wir schickten ihn fort."

„Warum?", fragte unser Wort.

Verrückts Auge zuckte wieder.

„Zeig ist nicht das einzige Wort, das sich umstellen kann. Wollen Sie noch immer wissen, wie es geht?"

„Ja“, gab sie Antwort.

Esel schlug die Augen auf.

„Gerne werde ich es dir erklären“, sprach er mit seiner glasklaren Stimme. „Es ist ein denkbar einfacher Trick, den aber nicht jedes Wort beherrscht. Du kannst es.“

„Woher weißt du das?“, fragte unser Wort den Esel.

„Weil ich lesen kann“, sagte er und musterte sie dabei.

„Wie meinst du das?“, fragte sie.

Verrückt griff in seine Tasche und brachte ein rundes Glas zum Vorschein. Unser Wort erkannte es wieder. Es war das Monokel, mit dem er zu seiner Zeit ihren kleinen Artikel untersucht hatte. Verrückt reichte es dem Esel, der sprach:

„Wenn sich ein Wort umstellt, ändert sich sein Sinn. Es bekommt ein neues Aussehen, einen anderen Charakter und andere Talente. Bei Zeig hat das wunderbar funktioniert. Nachdem er zu Geiz geworden war, trug er Lumpen, war bescheiden und lebte in einer kleinen Hütte.“

Unser Wort konnte sich noch immer nicht erinnern. Zeig, dachte sie, Zeig.

„E, S, E, L. Esel. Aus diesen paar Buchstaben bin ich gemacht. Die Reihenfolge ist sehr wichtig, denn auch ich kann mich umstellen. Im Gegensatz zu Zeig ist bei mir der Trick lediglich weniger spektakulär. Ich möchte es Ihnen demonstrieren.“

Unser Wort blickte auf den Esel und wartete darauf, dass er sich veränderte, doch tat sich nichts.

„Das war es“, sprach er und klemmte sich das Monokel zwischen Fell und Augenbraue.

„Die Sehhilfe kann Ihnen eventuell die Vorstellung erleichtern?“

Unser Wort wusste nicht, was der Esel von ihr wollte.

„Tut mir Leid, ich sehe überhaupt keinen Unterschied“, sagte sie.

„Das tut nichts zur Sache. Ich habe mich trotzdem umgestellt. E, S, E, L. Ich bringe das L nach vorne. Lese, meine zweite Bedeutung. Deswegen das Monokel."

Endlich begriff sie.

Lese sprach:

„Wenn ich mich umstelle, verändert sich mein Aussehen und mein Charakter nicht. Als Lese sehe ich noch immer aus wie ein Esel, trinke Tee und spiele Teekesselchen, doch eine Sache ändert sich sehr wohl, auf die ich auch ein bisschen stolz bin – ich kann lesen. Ich weiß, wie du heißt."

Obwohl es schon fast Nacht war, war unser Wort plötzlich hellwach.

„Du kennst meinen Namen?"

Lese nickte.

„Gestattest du mir, es ein bisschen spannend zu machen?", fragte er.

Unser Wort musste an die Feder denken, die unaufhörlich in der Hütte über das Papier strich. Sie würde es auch jetzt tun. Dann sagte sie:

„Mach es spannend."

Verrückt sprang auf. Mit dem zuckenden Auge hastete er zum Tisch, der nicht gedeckt war. Er griff nach dem weißen Tuch und breitete es auf der Wiese aus.

„Leg dich auf das Tuch und entspanne dich", sprach Lese, der auf dem h vor dem Tuch saß und seine Augen schloss.

Als sie sich hinlegte, fing Lese an, leise vor sich hin zu brummen. Unserem Wort fiel es gar nicht so leicht, sich zu entspannen, denn sie wusste ja nicht, was als Nächstes passieren würde. Auf dem Tuch liegend, wandte sie sich in alle Richtungen, bis ihr Blick von den Sternen am Nachthimmel eingefangen wurde. Die Augen der tausend stillen Begleiter unseres Wortes bewegten sich nicht, schickten aber das schwache Leuchten aus, um ihr so zu sagen, dass sie noch immer bei ihr waren.

Sie lag nur da und lauschte auf das leise Brummen von Lese. Es gehörte zu einem Lied, das er summte. Unser Wort kannte das Lied nicht, doch fühlte es sich so an, als lausche sie einem Märchen. Es beflügelte ihre Fantasie. Ihr schien es so, als könne sie überall hinfliegen, sie müsste sich das Ziel nur gut genug ausmalen. Unser Wort flog nirgendswohin. Sie lag auf ihrem Tuch und ließ los, blickte in die Sterne und lauschte dem Summen des Märchens. Immer wieder blitzten Bilder von Orten vor ihr auf, an denen sie bereits gewesen war. Gedankenfetzen, die sich mit dem Märchen, das sie hörte, vermischten und sich zu einer ganzen Geschichte verbanden.

Ganz langsam öffnete Lese seine Augen. Das Summen war jetzt deutlich zu hören. Er musterte unser Wort. Die Augen bewegten sich von links nach rechts, von oben nach unten. Jede Seite wurde von neuem betrachtet. In der Schwärze der Nacht, in der nur der Mond und die Sterne hingen, leuchtete das Tuch, auf dem sie lag, weiß wie die Seiten dieses Buches. Unser Wort war der Text. Esel hatte sich umgedreht, hatte sich umgestellt, um die Schrift nachempfinden zu können – die Schrift, aus der unser Wort gemacht war, an die sie sich aber nicht mehr erinnern konnte. Lese erhob sich, stand mit unserem Wort auf dem weißen Tuch. Das Monokel vergrößerte sein Auge. Er blickte auf sie hinunter. Verrückt erschien es wie eine Ewigkeit. Er stand da und saugte das Schauspiel in sich auf. Dann war Leses Stimme zu hören:

„Ich Lese …“

Es war still. Nichts regte sich. Der alte Mann saß in Babel. Er tauchte seine Feder in die Schale mit Tinte, verharrte kurz und schrieb dann:

„… Die Suche!“

Suche, Suche, Suche, erklang es in unserem Wort. Lese, Esel, Lese, wer auch immer. Die Suche, hatte das Wort gesagt. Bilder tauchten vor ihr auf. Sie sah ihren Vater. Er war Forscher. Sucher war sein Name. Sie wusste es wieder. Wir dürfen die Menschen nicht verteufeln, sie lesen und schreiben uns, hatte er gesagt. Sie wollte ihm nicht glauben. Ihre Mutter war dabei. Manisch las sie ihre Zeitung, brachte ihrem Mann alle Aufmerksamkeit entgegen, die sie besaß. Sie konnte nicht anders. Ihr Name war Sucht und eben deshalb liebte der Vater sie so sehr. Sie war aus dem Haus gestürmt.

Ein ganzes Haus in Buchform, hatte unser Wort noch gedacht. Bei Zeig geschah das Unglück. Sie wusste es wieder.

Unser Wort stand auf. Lese hatte sich wieder umgedreht. Er hatte das Monokel abgenommen. Nun war es Esel, der zusammen mit Verrückt auf den Stühlen saß. Sie schwiegen, blickten unser Wort erwartungsvoll an. Sie setzte sich auf den Rasen, lehnte sich gegen ihre Arme, die sich hinter ihr auf den Boden stützten. In den Himmel blickend, fragte sie:

„Esel, warum hast du mir nicht schon vorher gesagt, welchen Sinn ich mache?"

Er schüttelte seinen Kopf.

„Es war noch nicht an der Zeit."

„Warum nicht?"

„Dein Sinn ist die Suche. Hätte ich dir dies damals schon gesagt, warum hättest du weitersuchen sollen? Du wärst nach Hause zurückgekehrt. Nie hättest du den eigentlichen Sinn erfahren. Kein Mensch hätte dich bis hierher begleitet. Keiner hätte unsere Geschichte bis ganz zu Ende gelesen und ganz bestimmt niemand unsere Geschichte einem anderen in die Hand gegeben und gesagt: Hier, lies das, es ist es wert, und damit unsere Welt zu neuem Leben erweckt."

Sie schwiegen eine Weile.

„Und Geiz? Warum habt ihr ihn fortgeschickt?"

„Er hätte dich aufgehalten", sprach der Esel.

Blau leuchtete der Mond auf die drei Worte. Die Nacht hatte sich über sie gelegt, froh darüber, unser Wort zurück zu haben. Sie umschloss sie, so gut es ging.

„Und jetzt?", fragte unser Wort.

Verrückt, der bisher still gewesen war, musste grinsen.

„Ihre Suche ist noch nicht vorbei."

Unser Wort verzog die Augenbrauen.

„Nein?", fragte sie.

„Nein.“

„Warum?“

„Naja, ich wüsste jetzt nicht, wie es zu Ihnen nach Hause geht.“

Jetzt musste auch unser Wort grinsen. Selbst der störrische Esel verzog seine Miene zu einem Schmunzeln.

„So schwer kann das ja nicht mehr sein.“

Epilog

Der Mann legte die Feder auf den Tisch. Er nahm den Papierstapel und klopfte ihn so lange, bis jedes Blatt ordentlich auf dem nächsten lag. Dann legte er den Stapel wieder zurück. Er stand auf und ging zur Tür. Noch einmal drehte er sich zum Schreibtisch, blickte auf die Zettel, die an den Wänden hingen. In diesem Moment erloschen die beiden Kerzen und er wusste, dass es Zeit war, zu gehen. Er öffnete die Tür und verließ den Raum.

Ende

Nachwort des Verfassers

Als ich die Geschichte vom Wortschatz schrieb, befand ich mich selbst auch auf der Suche. Ich hoffe, Sie, verehrter Leser, haben einen Teil der Faszination verspürt, die mich während des Schreibens in Atem hielt.

Der sonderpunkt Verlag, bei dem dieses Buch erscheint, ist nur ein winziges Rädchen im großen Literaturbetrieb. Wenn Ihnen also der Wortschatz genauso viel Spaß gemacht hat wie mir, dann empfehlen Sie ihn weiter.

Bedanken will ich mich bei meinen ersten Lesern: Thore, Kai, Julia, Helga und Nicolai. Bei Sabine, die mir zu einer Teepartie verhalf, und Björn, dem ich gewisse Umlautarbeiten in Sprachen zu verdanken habe. Auch bedanke ich mich bei Dieter Messing, der mit seinen wunderbaren Zeichnungen die Geschichte erst so richtig lebendig machte. Nicht zu letzt gilt mein Dank Julia Kisker vom sonderpunkt Verlag, die das nötige Vertrauen in eine Geschichte setzte, in der es doch bloß um ein Wort ging.

Inhalt